*NARRATORI MODERNI*

*VALERIA USALA*

# LA RINNEGATA

Garzanti

Prima edizione: aprile 2021



ISBN 978-88-11-81749-9



Printed in Italy

www.garzanti.it

# LA RINNEGATA

*Alle mie radici, Giovanna e Bianca.*
*E a tutte le madri inconsapevoli di quotidiane rivoluzioni.*

# PROLOGO

Siamo i piedi scoperti e i bastoni intagliati di chi cammina sotto il sole in attesa del vento. Se muori senza essere stato prigioniero e libero insieme, non hai mai vissuto.

Siamo le braccia robuste e le mani ingorde dei contadini che non vanno in pensione. Se vivi di semina e raccolto non puoi avere grandi sogni, solo grandi speranze.

Siamo i sorrisi calorosi e beffardi di chi accoglie lo straniero tra curiosità e diffidenza. Ogni incontro un esodo, ogni scontro un'invasione.

Siamo lo sguardo inquisitorio e l'udito esperto di chi conduce il gregge e inforna il pane.

Siamo le urla innocenti dei bambini e i silenzi vendicativi dei vecchi.

Siamo le preghiere in ginocchio, i canti intorno al fuoco, le parole di troppo macchiate dal vino.

Il profumo del mirto, il tronco del ginepro, l'acre del formaggio.

Del maestrale abbiamo l'ostinazione, del mare la trasparenza; indossiamo veli neri che annunciano disgrazie.

La Sardegna ha un'unica bandiera, ogni paese il suo martire. La nostra è una donna di nome Teresa, e la sua morte è rimasta per troppo tempo un segreto.

Nessuno ne parla, qualcuno domanda, tutti ricordano.

Teresa è stata uccisa, ed è tutta colpa nostra.

# PRIMA PARTE

## DICIAMO SEMPRE LA VERITÀ

# 1.

In una calda mattina di settembre, un fascio di luce avvolgente filtrò dalla finestra al primo piano di casa Murru e sfiorò la guancia di Teresa, come avrebbe fatto la mano di suo marito Bruno se solo gli affari non l'avessero trattenuto in città più del previsto. La donna aveva da poco dato alla luce Emilio, il loro terzo figlio, ma alcune complicazioni durante il parto l'avevano costretta a una sosta forzata. Così, dopo qualche settimana, aveva assecondato l'impellenza di rimettere piede fuori di casa, nonostante non fossero ancora passati i quaranta giorni di riposo previsti per il puerperio. La scelta di Teresa di non aderire alle tradizioni, in un paese come Lolai, sembrava un'ennesima e presuntuosa sfrontatezza, ma lei era solita assecondare la propria natura agendo per necessità, piuttosto che per consuetudine.

Mentre era intenta a spazzolarsi i lunghi capelli neri davanti allo specchio, i suoi occhi color miele fissavano il proprio riflesso con aria incuriosita. Era da tanto che non si osservava così da vicino: notò alcuni piccoli nei ai lati della fronte e la pelle del viso più tesa, appesantita dalla recente fatica. Accennò un sorriso allo specchio e quello le rispose di rimando, ma presto la contrazione dei muscoli rese l'espressione forzata, costringendola con un debole sbuffo a tornare seria. Si voltò verso la mensola e afferrò la sua collana preferita, *sa corbula,* un pendente rotondo in argento simile a una cesta di vimini intrecciato, regalatole dall'amica Gavina il giorno del suo matrimonio. Se lo fece scivolare intorno al collo con cura e annuì soddisfatta.

Prese dall'armadio un'ampia gonna nera con il bordo inferiore a balze, decorato con fili di seta colorati, e una camicia di lino bianco con due asole all'altezza del collo, unite da una coppia di gemelli. Sopra la camicia mise un aderente corsetto in broccato, anche quello impreziosito da lustrini e intonato alla gonna, e indossò un paio di scarpe in pelle nera col tacco. Poi si raccolse i capelli in una crocchia ordinata e li coprì con un panno di seta, piegato a triangolo e annodato sotto il mento in un fiocco.

Dopo aver preso in braccio Emilio, Teresa lasciò la camera da letto e si fermò alla fine del corridoio per svegliare gli altri due figli: Maddalena, di otto anni, e Francesco, di sei. I due bambini la precedettero lungo le scale e si lasciarono cadere sulle sedie della cucina, ancora assonnati.

Casa Murru era composta di cinque spazi organizzati su due piani: al primo due camere da letto e al piano terra una cucina con camino, un'altra camera per gli ospiti e un minuscolo ripostiglio. L'ingresso della cucina dava su un grande cortile interno, che portava da un lato al portone in legno verde affacciato sulla strada, dall'altro alle stalle e a un piccolo locale adattato a emporio. Teresa si era occupata di persona della gestione di quello spazio, rifornendolo periodicamente di cibi, bevande e arnesi procurati da Bruno al mercato – scuri, roncole, rastrelli e sacchi di juta – da vendere a compaesani e contadini che spesso si fermavano a Lolai per fare rifornimento.

Negli ultimi anni, gli affari erano cresciuti tanto in fretta da aver reso i Murru una delle famiglie più in vista del paese. Poco dopo, spinta dall'ottimismo, Teresa aveva convinto il marito a espandere ulteriormente la casa sul lato ovest, per ricavarne una taverna. La donna si era data ancora una volta da fare, nonostante fosse già in attesa del terzo figlio, e alla fine dei lavori quel locale modesto – con un camino, qualche tavolo e un bancone di legno che dava su un piccolo cucinotto – era diventato il luogo più frequentato della zona. Teresa si era adoperata tra i figli e quei due lavori con dedizione instancabile, ma ben presto la fatica era divenuta tale da costringerla a chiamare un'altra persona che fosse d'aiuto.

Rita, la figlia più giovane di *tzia* Adriana – una vedova del paese – era inesperta e piuttosto sbadata, ma si dimostrò da subito diligente e affettuosa con i bambini. Il suo viso allungato e curioso era simile a quello dei topolini bianchi che si nascondono in casa, tornando ogni tanto a fare visita da sotto i mobili. Appariva spesso in cucina lanciando un piccolo urlo, simile a uno squittio, e rideva soddisfatta nel vedere Teresa saltare sulla sedia o portarsi una mano al petto dallo spavento. L'ingenuità della ragazza stonava parecchio con la serietà della padrona di casa, ma Teresa aveva pian piano imparato ad apprezzarla: nonostante fossero molto diverse, Rita faceva il suo dovere e le dava una grossa mano.

Teresa comparve in cucina e, vedendo Rita intenta a scaldare il latte di fronte al camino, la salutò con un cenno del capo.

«Io vado, ci vediamo più tardi», disse, salutando i due figli grandi con un sorriso. Poi afferrò uno scialle scuro dalla gruccia all'ingresso e se lo avvolse intorno alle spalle; prese dalla credenza un mazzo di chiavi in ferro e uscì con il piccolo Emilio stretto in braccio.

Poco prima di varcare il portone verde d'ingresso, Teresa vide Tore venirle incontro dalla stalla. Era un uomo brizzolato e robusto, parecchio più grande di lei, con una fronte stretta e un vistoso naso a uncino. Era da sempre piuttosto introverso e, nonostante i modi gentili e il portamento elegante, due occhiaie scavate e le nocche arrossate su entrambe le mani ne tradivano un'origine tutt'altro che signorile. Aveva perso i genitori da piccolo ed era arrivato a Lolai senza un soldo, vestito di stracci;

lui e Teresa erano cresciuti insieme, e negli anni avevano sviluppato l'uno per l'altra un affetto fraterno, pur non avendo alcun legame di sangue.

Iniziati i faticosi lavori in casa Murru e vista la necessità di manodopera, Bruno – che qualche anno prima aveva deciso di fare affari tra le varie fiere di paese – aveva chiesto a Tore di trasferirsi da loro; c'era bisogno di un bracciante, ma ancor più di qualcuno che badasse al bestiame e vegliasse su Teresa e i bambini quando lui era via. Tore era uno dei pochi ad aver sempre preso le difese della padrona di casa, anche in situazioni sconvenienti, e questo lo aveva reso agli occhi del paese poco più che un debole.

«Il cielo promette bene, oggi», disse l'uomo con aria allegra. «State meglio?»

Teresa annuì, alzando un braccio per sistemarsi il velo. «Direi che il riposo è durato abbastanza.»

«Sapete che non dovreste andare, vero?» rispose Tore.

La donna tirò fuori dalla tasca il mazzo di chiavi. «Ho fatto una promessa.»

«Portategli anche i miei saluti allora», aggiunse l'uomo con aria rassegnata.

Teresa sorrise e annuì con un breve cenno della testa, poi abbassò la maniglia del portone di casa e varcò la soglia.

Dalla parte opposta della strada, una decina di uomini stava seduta a semicerchio di fronte a casa di Tonio, un omaccione con delle sopracciglia folte e pochi capelli scuri pettinati all'indietro. Tutti, nel vedersela davanti, ammutolirono per la sorpresa.

«Teresi'! Non vi aspettavamo fuori di casa così presto», borbottò infine Biccu, un vecchio barbuto dal sorriso scaltro. Gli mancava da sempre l'unghia dell'indice destro, e non c'era giorno che uscisse di casa senza un cappello nero in stoffa di orbace sulla testa, che da quelle parti chiamavano *berritta*.

Teresa non rispose, mentre il resto del gruppo guardava altrove per dissimulare l'imbarazzo.

«Avete urgenza?» chiese Tonio, in piedi sull'uscio con dei bicchieri vuoti in mano.

«Solo qualche commissione arretrata», gli rispose lei, affrettando il passo.

«E fate bene a darvi da fare», disse Biccu ironico. «A proposito, siete molto elegante. Devono essere importanti, queste commissioni...» aggiunse voltandosi verso Elio, un omaccione canuto che sedeva lì accanto col gomito in equilibrio su un bastone da passeggio.

«*Chi dorme in gioventù poi piange da vecchio.* Buona giornata», tagliò corto Teresa, prima di girare l'angolo.

Elio, al sentire la risposta della donna, diede a Biccu un colpo di bastone sullo stinco. «*Scimpru!* Invece che trattenerla l'hai fatta scappare!»

«Pazienza», disse Biccu divertito. «Lo vedi com'è? Così vanitosa che neanche i complimenti accetta più.»

«Ancora non l'hai capito? *Con i potenti ci si comporta come col fuoco*», disse Tonio con finta aria sapiente. «*Non troppo vicino, e non troppo lontano.*»

Gli uomini annuirono e tornarono a fissare il portone vuoto, mentre qualche cardellino interrompeva il silenzio svolazzando tra le fronde degli alberi.

Teresa si era lasciata il gruppo alle spalle stringendo i denti a bocca chiusa, prima di avvolgere Emilio con il velo con un gesto infastidito. Aveva sperato, restando in casa, di sviluppare una certa immunità al fastidio come fanno gli anticorpi durante la malattia. All'impertinenza degli sguardi altrui era abituata da sempre, ma con le assenze frequenti del marito le battute degli uomini si erano fatte insistenti. Aveva sempre evitato lo scontro, per non rischiare di perdere clienti in emporio o in taverna, ma ogni tanto falliva nello sforzo di trattenersi e subito dopo finiva col pentirsene. Ogni risposta, ogni tentativo di trasferire la propria indignazione cambiando sguardo o tono di voce era vano – oltre che sufficiente a farli parlare ancora, invece che desistere.

Continuò a camminare in discesa lungo una via stretta, costeggiata da alberi di limone, mentre la luce del sole rimbalzava sul selciato facendo brillare gli ingressi delle case di Lolai a ogni curva. Dai balconcini malconci affacciati sulla strada, risuonavano le voci squillanti dei bambini e il crepitio dei primi camini accesi, insieme a qualche debole cigolio di carri in lontananza. Le case, non più alte di due piani e con i portoni incastonati tra spesse mura di pietra, erano tutte semiaperte e pronte a ricevere visite inattese; le botteghe, al contrario, rimanevano chiuse per concedere qualche ora di riposo ai proprietari, spesso vinti dalla pigrizia più che dalla fatica.

Teresa era cresciuta tra quelle strade e la gente che ogni giorno le animava senza mai sentirsi parte dello stesso mondo. Avvertiva un fastidioso prurito a stare lì in mezzo ma non riusciva a immaginarsi da nessun'altra parte, e questa ambivalenza la teneva sospesa in un tormento perenne, che col tempo si era dilatato a tal punto da diventare abitudine.

Aveva vissuto come serva dai Collu, una ricca famiglia di proprietari terrieri, alle dipendenze di Vincenzo, Margherita e i loro quattro figli. Sua nonna, che l'aveva allevata, era morta prima che lei compisse otto anni, rendendola l'unica orfana della casa insieme a Tore. Forse per questo, forse per l'età simile a quella dei figli, il signor Collu l'aveva sempre trattata con un occhio di riguardo, insistendo perché imparasse un lavoro manuale in grado di garantirle un futuro dignitoso. Il giorno del diciottesimo compleanno di Teresa, Vincenzo aveva ospitato in casa un gruppo di minatori; tra loro c'era un ragazzo ricciolúto, alto e snello nato in un paese non lontano da Lolai. Si chiamava Bruno. Lui e Teresa si erano piaciuti subito e, nonostante il ragazzo volesse lasciare da tempo il lavoro in miniera a causa di una polmonite cronica, il signor Collu aveva appoggiato di buon grado quell'unione. Anche se correvano il rischio di rimanere per sempre un mistero l'uno per l'altra, era stata l'idea di avere tempo per scoprirsi a vicenda a farli innamorare.

Tra gli zampilli d'acqua nelle fontane e il rintocco sordo delle campane in lontananza, Teresa camminava assorta e interrompeva di tanto in tanto il tragitto per raccogliere qualche noce matura caduta dagli alberi. Nell'ultimo tratto di strada, che dopo quella curva risaliva verso la chiesa, la donna udì una voce acuta alle sue spalle.

«Teresa, siete proprio voi?»

Era Sofia, la moglie del fabbro, qualche anno più grande di lei e incinta del primo figlio. Teresa, nel voltarsi, notò che gli occhi scuri della donna passavano silenziosamente in rassegna la sua figura, dal velo alle scarpe.

«State in salute, grazie a Dio. Ma cosa ci fate fuori di casa? Avete bisogno di qualcosa?» aggiunse, abbassandosi una mano sul ventre.

Teresa finse di non cogliere il rimprovero. «No grazie, conto di fare presto. Fra poco tocca anche a voi, no?»

«Che Dio ce la mandi buona! I primi mesi sono stati duri ma ormai è questione di giorni. Spero solo di non avere brutte sorprese.»

Teresa abbassò lo sguardo e Sofia sgranò gli occhi, realizzando la brutta figura.

«Ovviamente non volevo dire... insomma, so che non è stato facile per voi. Ma alla fine il bambino sta bene no?» chiese, sporgendosi in avanti.

Teresa annuì, accarezzando d'istinto Emilio per scrollarsi di dosso l'imbarazzo.

«Per fortuna», rispose la donna. «Certo, partorire un figlio senza il padre in casa, non ci voglio pensare...» disse, sfiorandole il braccio con una mano.

Quella finta gentilezza colpì Teresa come una puntura d'insetto; il suo viso si irrigidì e le sue gambe scattarono involontariamente all'indietro.

«Bruno si è trattenuto in città per lavoro, ma torna domani.»

«Ah, ancora non l'ha visto?» chiese Sofia, alzando vistosamente le sopracciglia per la sorpresa. «*'Ta dannu.* Per fortuna c'era *tzia* Adriana ad assistervi.»

Le tempie di Teresa pulsavano con insistenza e i piedi le suggerivano di cambiare strada; ma le gambe tozze e il ventre gonfio di Sofia stavano lì immobili a sbarrarle il passaggio.

«Si sta facendo tardi...» disse poi con voce sommessa.

«Avete ragione, meglio andare», rispose Sofia, tirandosi su la gonna con una mano.

«Statemi bene», aggiunse in fretta, prima di voltarsi con improvvisa agilità.

Sofia avanzava lungo la salita con aria affannata e una luce impaziente negli occhi, decisa ad arrivare a destinazione il prima possibile. La casa di Annedda, la moglie di Biccu – una donna alta e grossa più della metà degli uomini – era in fondo alla via, visibile da un grande finestrone laterale che dava sulla strada. Nella penombra del cortile interno alla casa, la padrona chiacchierava con altre donne sedute intorno a lei, intente a intrecciare piccole ceste di vimini. Sofia varcò la soglia e si fermò in mezzo al gruppo, tenendosi il fianco con una mano per recuperare fiato.

«L'ho incontrata proprio ora, e non sono passati nemmeno venti giorni. Bruno non è ancora tornato.»

Qualcuna sussultò in risposta, facendo cadere la cesta per terra.

«*'Ta bregungia*», disse una, scuotendo vistosamente la testa.

«Com'era?» chiese un'altra.

«Fresca come una rosa», rispose Sofia. «E vestita a festa. Per andare dove, non si sa.»

«*Non c'è bella senza difetto, né brutta senza grazia*», disse Annedda infastidita.

«Ne approfitta, ora che si è presa la serva», disse un'altra battendosi le mani sulla gonna. «Bruno non ci è tornato apposta a casa, altro che ritardo.»

Mentre parlavano, i passi di Teresa lungo la via raggiunsero l'ingresso. Sofia si voltò di scatto e, nel vederla, inarcò la bocca in un sorriso privo di rimorso.

«Teresa, vi trovo bene», le urlò Annedda, da dietro il portone.

«Tornate a casa presto, per carità, che *su pippìu* prende freddo», le fece eco un'altra.

Teresa le osservò tutte di sfuggita, prima di superare il portone senza salutare. Alcune si scambiarono sguardi perplessi all'idea di essere state ascoltate, mentre altre sembravano sul punto di ridere.

«A ognuna le sue disgrazie», sentenziò Sofia con noncuranza.

«*Troppa confidenza fa cadere la riverenza*», aggiunse Annedda. «Dove eravamo?» disse poi, afferrando il cesto di vimini per riprendere il lavoro. Le altre la imitarono in silenzio.

Teresa intanto aveva ripreso a camminare, calciando via alcune foglie sparse sul terreno. I suoi pensieri oscillavano tra una rabbia improvvisa e l'ingenuità che si era concessa nel credere che almeno loro, vedendola in quelle condizioni, l'avrebbero rispettata. Con gli uomini la battaglia era sempre stata esplicita: anche loro stavano seduti in cerchio e facevano commenti inappropriati, ma senza nascondersi. Il muro di cordiale falsità che le donne avevano eretto, al contrario, era una montagna decisamente più alta da scalare e una frustrazione impossibile da combattere. Lo sguardo maschile la faceva sentire violata, ma quello femminile la sminuiva a tal punto da renderla invisibile.

Teresa raggiunse la piazza al centro del paese con le mani contratte dal nervoso e il respiro irregolare. Sapeva di trovare la chiesa aperta, ma raramente qualcuno la frequentava a quell'ora a parte Miriam, la perpetua, e don

Giuseppe, il parroco. Si avvicinò all'ingresso e scorse l'interno illuminato da una luce fioca: due grossi ceri bianchi incorniciavano i bordi dorati dell'altare davanti alle colonne di banchi vuoti. In fondo alla navata c'erano lei e un Gesù morente sul crocifisso; per il resto, la chiesa era deserta.

Avanzò lentamente verso l'ultima panca in legno e vi si inginocchiò, lo sguardo rivolto alla croce. Pian piano il suo respiro rallentò nel tentativo di sbrogliare con quella preghiera silenziosa una matassa di pensieri caotici, affidandoli all'unico in grado di dargli un senso.

La fede, per Teresa, era sempre stata una questione di conseguenze più che di cause. Che Dio le avesse concesso una vita piena di avversità sarebbe stata una ragione valida per affliggersi; tuttavia sentiva di avere un padre, intangibile ma presente, che talvolta si rivelava proprio in quegli attimi bui, oltre che nei momenti di gioia. Diventare madre l'aveva cambiata per sempre, e in meglio; ma mista all'orgoglio, la vergogna che accompagnava da sempre il suo matrimonio era simile a un peccato originale dal quale non riusciva a redimersi.

Aveva sempre sognato di sposarsi in chiesa, ma Bruno si professava ateo e lei era rimasta incinta prima di poter fare dei veri programmi. Così, giovane e impaurita dalla reazione che lui avrebbe avuto nell'apprendere la notizia, aveva atteso per settimane prima di dirglielo. Bruno era rimasto a fissare il vuoto senza dire una parola; poi la sua bocca si era allargata in un sorriso felice e le sue braccia l'avevano avvolta in una stretta affettuosa, lunga e intensa come mai prima. Le aveva promesso che sarebbe rimasto a Lolai e avrebbe lasciato il lavoro in miniera, per tentare fortuna nel commercio del bestiame. Ma quella gravidanza era la prova che avevano bruciato le tappe, ed entrambi sapevano bene che la notizia, in paese, non sarebbe passata inosservata.

Don Giuseppe, scoperta la volontà dei due giovani di sposarsi, si era ben guardato dal celebrare il matrimonio e accordare una qualunque sacralità alla loro unione. Così, una notte d'estate, i due avevano lasciato casa Collu per diventare ufficialmente marito e moglie al piano terra del palazzo comunale. Teresa aveva soffocato quella delusione con l'urgenza di mettere su famiglia, costruire una casa in cima alla collina e iniziare una nuova vita, più adulta, che fosse davvero sua. Ma ogni volta che entrava in chiesa e incrociava lo sguardo del parroco, le si torceva lo stomaco al pensiero di non essere degna di varcare la soglia, agli occhi di Dio ancora prima che degli uomini.

«Teresa, che ci fate qui?» disse don Giuseppe con voce profonda, apparendo dalla porta laterale della sacrestia.

Teresa socchiuse gli occhi in un sussulto, ma l'uomo continuò prima che lei facesse in tempo a rispondere.

«Il bambino sta bene? È successo qualcosa?» chiese, abbassando lo sguardo sul neonato.

Teresa scosse la testa e allargò le braccia per liberare Emilio dal velo. «Ero venuta per chiedervi la benedizione, se possibile.»

«Teresa, vi ostinate a voler dettare i tempi per tutto. Ma ogni cosa è in mano al Signore», rispose don Giuseppe con aria ammonitrice. «Per una preghiera è sempre il momento giusto però.»

Teresa fece perno sulle ginocchia e si risedette al banco, mentre il parroco la guardava dall'alto in basso con le braccia incrociate.

«Ho un voto da rispettare», disse la donna all'improvviso. «Sto andando in cimitero.»

«Bene», disse il parroco a denti stretti. «Onorare la memoria di chi non c'è più è un dovere immancabile.»

L'uomo avanzò di qualche passo e poggiò sulla panca la mano destra, appesantita da un grosso anello dorato all'anulare, facendo cenno a Teresa di fargli spazio. La donna si spostò di lato e don Giuseppe le si sedette accanto, fissando il crocifisso.

«Dovete molto a quella famiglia», disse in tono deciso. «I Collu sono stati un grande dono per tutto il paese, ma per voi in modo particolare. Chissà dove sareste ora, senza l'aiuto di quella brava gente.»

Nel voltarsi, gli occhi del parroco la trafissero con la stessa gravità di un rimprovero. «*Le profezie scompariranno, il dono delle lingue cesserà, la conoscenza svanirà, ma la carità non avrà mai fine.*»

Teresa distolse lo sguardo, posandolo sul piccolo Emilio prima di annuire imbarazzata.

«Sappiate che pregherò per loro, e per voi», aggiunse poi, prima di alzarsi. Teresa lo imitò subito dopo e si avviò al portone.

«Buona giornata, don Giuseppe», disse.

«Altrettanto a voi», rispose l'uomo, prima di voltarsi e scomparire nella penombra della navata.

Teresa lasciò la piazza e percorse l'ultimo tratto di strada, lungo due file di cipressi che conducevano al cancello in ferro battuto del cimitero. Sposando Bruno era diventata ufficialmente la signora Murru, e con i soldi della liquidazione del marito i due avevano comprato un piccolo terreno nella parte alta del paese. Ma a Lolai erano stati in pochi a credere che la giovane coppia avesse fatto tutto da sola. Si era iniziata a spargere la voce che i due avessero trovato i soldi in uno *scrixoxu* – un forziere – sotterrato in mezzo ai campi da qualche brigante in fuga. O che il signor Collu, in punto di morte, avesse regalato una piccola fortuna ai giovani sposi, elevando Teresa dalla condizione di serva a quella di benestante da un giorno all'altro. Che fosse stata l'ennesima gentilezza del padrone di casa, il lavoro di Bruno in miniera o un tesoro nascosto, era la ricchezza di quella nuova famiglia a dare fastidio. E in paese, così si diceva, «*chi ha i soldi, dal processo esce sempre innocente*».

I signori Collu erano morti entrambi di peste, a poche ore di distanza, lo stesso giorno in cui Teresa aveva dato alla luce Maddalena. Dopo il funerale, una parente lontana era giunta in paese per vendere la casa e tutti i terreni di proprietà, prima di lasciare Lolai portandosi dietro i nipoti e la loro eredità. Nei suoi ultimi giorni di vita il signor Collu aveva consegnato a Teresa le chiavi della loro cappella di famiglia, supplicandola di prendersene cura dopo la loro morte, e lei aveva giurato a lui e a sé stessa di mantenere quella promessa con rigore e sollecitudine. Anche quel giorno, nonostante le stesse costando più del previsto, era intenzionata a portare a termine il compito.

Teresa allungò un braccio verso il cancello, reggendo Emilio con l'altro, e lo aprì in un cigolio sommesso. In mezzo agli alberi, le lapidi mostravano i nomi di tutti coloro che avevano calpestato lo stesso suolo, alzato gli occhi verso lo stesso cielo e ora riposavano finalmente in pace, avvolti da un silenzio eterno; a molti di loro Teresa non riusciva più ad associare una storia, un'anima o perfino un tono di voce. Il pensiero che l'esistenza, in fin dei conti, fosse solo un ricordo sbiadito dentro i cuori altrui la fece vacillare.

La cappella dei Collu era una piccola struttura quadrangolare preceduta da tre gradini e due colonnine in marmo, ai lati della porta, mentre sull'architrave una lastra bianca portava inciso il cognome della famiglia. Teresa tirò fuori dalla tasca il mazzo di chiavi in ferro e infilò la più lunga nella serratura. L'interno era poco illuminato, simile a quello delle catacombe, e sui tre lati c'erano le tombe dei defunti, ciascuna con ai piedi un vaso in ottone bronzato. Teresa notò che i fiori non erano ancora appassiti; inspirò a fondo, si adagiò lo scialle sui gomiti e iniziò a fare avanti e indietro dalla cappella alla fontana per cambiare l'acqua. Quando anche l'ultimo vaso fu di nuovo al suo posto, si fermò davanti alla tomba del signor Collu e giunse le mani in preghiera.

«I giusti finiscono sotto terra troppo presto, i colpevoli troppo tardi.»

La voce sibilante di Maria – una vecchia con la schiena curva, pochi capelli bianchi raccolti a metà nuca e uno strano bagliore velato negli occhi – interruppe la pace di quel luogo come una finestra sbattuta dal vento.

«Cosa ci fate qui?» chiese Teresa, stringendo a sé il bambino.

Maria non rispose ma avanzò a piccoli passi e le si fermò accanto, con la stessa calma sinistra di una mantide religiosa un attimo prima dell'attacco.

«Ve lo ripeto, non siete la benvenuta.»

«I dannati non aspettano inviti», rispose Maria, mentre i suoi occhi vagavano sulle tombe.

«E i morti son morti, vanno lasciati in pace.»

«Il male che fanno non muore con loro, però.»

Teresa a quel punto si voltò con rabbia verso la vecchia, puntandole un indice all'altezza del viso.

«Se avete dei peccati da confessare, siete venuta nel posto sbagliato. È in chiesa che dovete andare.»

«Tu non sai niente...» disse Maria sottovoce.

«Andate via!»

La voce di Teresa esplose impietosa come un tuono, spaventando qualche corvo appostato sulle cime dei cipressi e pure Emilio che, svegliatosi di soprassalto, aveva iniziato a piangere. Maria abbassò la testa, si voltò e uscì dalla cappella senza aggiungere una parola. Teresa rimase immobile nel silenzio, interrotto solo dai lamenti del figlio, mentre quel luogo si faceva improvvisamente più stretto, lugubre e umido di una cella. La donna cercò invano di calmare Emilio e rintracciare l'ottimismo che poche ore prima l'aveva spinta a uscire di casa, ma anche quello si era prosciugato, come una sorgente dopo mesi di siccità.

## 2.

Qualche giorno più tardi, come ogni mattina, gli uomini di Lolai si riunirono davanti a casa di Tonio, sotto la tettoia che l'uomo si era costruito per fare ombra all'ingresso. Dopo aver sistemato alcuni tavolini quadrati in ferro battuto, qualche bicchiere da liquore e delle piccole sedie in legno di noce a semicerchio, Elio si sedette in silenzio seguito dagli altri. Poi, con un cenno della mano, Biccu chiese la migliore bottiglia di amabile della casa e il gruppo inaugurò la giornata con il primo brindisi.

Quel ritrovo era in realtà una premessa paziente allo spettacolo che sarebbe avvenuto poco dopo; l'attesa li soddisfaceva ben più dell'evento, ma non l'avrebbero mai ammesso. Eppure la giornata, da quelle parti, iniziava davvero solo quando Teresa compariva sul piccolo portone di legno verde, dal lato opposto della via.

Bruno, rientrato il giorno prima dal lungo viaggio in città, era uscito di casa all'alba a bordo di un piccolo carro, trainato da un vecchio cavallo ancora ligio al dovere, e la donna aveva approfittato di quel silenzio per preparare la colazione. Quando fu tutto pronto, svegliò i figli e spalancò le ante della finestra al primo piano per scrutare il tempo, assaporando il vociare confuso della strada con aria distratta; poi comparì sull'uscio con una ramazza e iniziò a pulire.

Il suo viso giovane sembrava teso e concentrato già da presto, mentre i suoi lunghi capelli neri urtavano i lati del grembiule a fiori con grazia e le braccia olivastre ondeggiavano sul bastone, raggruppando le foglie secche ai lati dell'ingresso. Per la combriccola, godersi quello spettacolo silenzioso era più simile a un'ossessione innocente che a un vero e proprio peccato.

Così, mentre nella donna scorreva il tumulto mattutino delle faccende da sbrigare, a tutti gli altri bastava vederla per sentirsi un po' più vivi del giorno precedente e un po' meno succubi di quello successivo. Avevano appreso quel rituale senza sforzo, e nello stesso modo repentino in cui iniziava, così drasticamente finiva, interrotto da voci di donne. Erano le mogli che richiamavano i mariti a rapporto, costringendo i non accompagnati a sorridere di sventure altrui o piangere miseria propria.

«*Mi' mi'*, Biccu. Dietro la porta», disse uno indicando l'entrata col dito.

«Somiglia proprio a Mariannina, la bambola preferita di mia sorella», rispose Biccu ridacchiando. «Gli occhi no però, i suoi erano marroni. Quelli di Teresina, invece, sembrano giallo miele.»

Biccu continuava a parlare piegando la testa all'indietro verso il primo, leggero raggio di sole della giornata, che spuntava timido tra gli alberi di limone.

«È vero o no, Tonio? Non sono color miele gli occhi di Teresina?»

«Sei un cavallo matto», ribatté quello con aria rassegnata.

«E annoiato pure», aggiunse un altro.

«Annoiato io? A casa mi annoio, per quello ci torno tardi», disse Biccu sghignazzando, prima di riempirsi il bicchiere.

«Se ti sente Annedda...»

«In faccia pure glielo dico, quant'è bella Teresina», ripeté, sbattendo il bicchiere sul tavolo.

«L'ultima volta mi ha lanciato addosso una scarpa, ma tanto lo sa che non faccio sul serio. Che mia moglie non sarà bella come lei, ma almeno fa quello che le dico io.

Non sono mica Bruno, poveretto, che ogni giorno gli tocca tornare più tardi per non diventare matto. Vedrete che uno di questi giorni scappa senza dire niente a nessuno. O no, Elio?»

L'amico mescolava un piccolo bolo di tabacco tra le gengive e, nel mentre, girava i pollici con le mani intrecciate.

«È vero, sì», concordò poi, chinandosi di lato e sputando per terra. «La vedi che gira per la taverna come un angelo, e tutto quello che cucina, oro diventa. Ma se si parla di soldi, lì sì che esce fuori il diavolo.»

Gli altri annuirono in silenzio.

«Sapete mio padre cosa diceva sempre?» aggiunse Biccu. «*A lavare la testa all'asino si perde acqua, tempo e sapone.*»

«E l'asino mi sa che eri tu», commentò Elio, innescando le risate del gruppo.

«*E bai!* Tutto mi puoi dire, ma testardo no», ribatté Biccu orgoglioso. «A mia madre lo diceva, quando litigavano. Che ci diventi matto, a far ragionare le donne quando si mettono in testa una cosa.»

Il vecchio si tolse la *berritta* dalla testa per asciugarsi il sudore dalla fronte col dorso della mano.

«Mia madre è finita zoppa e con il diavolo in corpo. E Teresina la stessa fine fa, vedrai.»

«*Farabbuttu!*» esclamò la voce stridula di Annedda, interrompendo il monologo del marito. La donna portava un panno di cotone bianco sopra i capelli castani e una lunga gonna marrone fino alle caviglie.

«Già dalla mattina presto sei ridotto così. Se non la smetti di andartene in giro ti lascio senza pane e pure senza denti, è chiaro? *Movidì*, che c'è da imbottigliare l'olio!»

«Mo' vengo, mo' vengo», rispose Biccu, indugiando sulla sedia per non darla vinta alla moglie. Il resto del gruppo, però, tratteneva le risate a stento.

«Cosa ridete, che avete bevuto la metà di me e siete già ubriachi!»

«Lo sai cosa diceva mio padre, Biccu?» gli fece eco Elio. «*Quando a casa comanda la moglie, il marito resta senza pantaloni.*»

Tutti i presenti scoppiarono in risa fragorose.

«Almeno io una moglie ce l'ho!» gli gridò di rimando Biccu, raggiungendo Annedda che aveva ormai voltato l'angolo.

Gli altri si alzarono poco dopo, sbadigliando e mandando giù l'ultimo sorso di vino. Alzarono una mano a mezz'aria verso Tonio e imboccarono il viottolo lastricato che scendeva lungo la collina.

Il verde erboso e luccicante dei muretti in pietra proiettava sul selciato una sottile striscia d'ombra, e gli uomini ci camminavano in equilibrio, affaticati e vagabondi, continuando a fare commenti su Teresa e sul suo essere così bella e pericolosa insieme. Crederla bisognosa di attenzioni era più facile che ammettere di aver frainteso le cose; ogni suo silenzio veniva trasformato in una storia a conferma dei loro pregiudizi, e il rischio di alterare la realtà era un prezzo che pagavano volentieri per combattere la noia. Raccontavano di averla vista avvelenare una frittata con foglie di cicuta, prima di offrirla in regalo a un vecchio pastore per dispetto. O che tanti anni prima, in risposta a un complimento innocente di Biccu, Teresa lo avesse minacciato tirando fuori un coltello dalla gonna. Questo esercizio di fantasia li aveva resi astuti cantastorie e giudici infallibili; ma ogni mattina, puntuali come il rintocco delle campane, tornavano davanti a casa di Tonio per vederla. E nonostante avessero cose più urgenti da fare, le donne non erano da meno.

«Noi siamo qui a pregare, mentre quella va in giro e si atteggia da padrona», disse poco più tardi Miriam, seduta accanto ad Annedda al primo banco della chiesa.

Il rito più sentito, più vecchio e più squisitamente femminile di Lolai era quello delle lodi mattutine, una risposta garbata alla rumorosa folla maschile davanti a casa di

Teresa. Solo a don Giuseppe era concesso presenziare, unico uomo di Dio in quella terra desolata. Le donne avevano concordato, da generazioni e senza dirselo, che pregare fosse il gesto più adatto per dare parvenza di dignità alle loro vite disgraziate. A quei sussurri inquisitori, scambiati tra i banchi della chiesa o sulla soglia di casa, di tanto in tanto rispondeva Maria.

L'avevano rinominata la *bruja*, un appellativo comune per le donne vecchie e folli, simili a delle streghe. Anche lei, a seconda dei racconti, diventava esperta di malocchi e altri sortilegi in una baracca rivestita di licheni, a due passi dal cimitero, nella zona in cima alla collina che tutti chiamavano *su cuccuru*. La sua precarietà le restituiva di rado qualche ricordo alla mente; ma quando capitava, Maria si esibiva in monologhi ingiuriosi verso gli abitanti di Lolai con la stessa furia di un vulcano in eruzione.

Alle donne faceva comodo credere che la vecchia non si fosse mai guadagnata il loro rispetto né Teresa la propria bellezza – che da sempre si ottiene per caso, non certo per merito. Il merito, da quelle parti, era frutto di muscoli e sudore, un diritto a uso maschile guadagnato ancora prima di nascere. Le donne in compenso potevano essere scrupolose, perspicaci, addirittura sfacciate; ma se sceglievano la strada del profitto, lo facevano sapendo di rinunciare anche al rispetto e alla dignità. E proprio le donne del paese, che avevano perfezionato negli anni una condizione di madri e mogli esemplari, non concepivano la volontà assurda di Teresa di distinguersi dal gregge; così iniziarono pian piano a circondarsi di recinzioni più resistenti, per evitare che a qualche altra pecorella smarrita venisse in mente di scappare.

Teresa, al contrario di Maria, rispondeva a quella nebbia di malizia con un silenzio impenetrabile, lasciando che le loro frustrazioni si convertissero pian piano in lamenti spietati, ripetuti nella speranza di far arrivare l'offesa a destinazione.

«Gavina dice che l'emporio l'ha fatto coi soldi di Bruno in miniera. Nel giro di poco hanno aggiunto pure la taverna, preso Tore per badare al bestiame e Rita per servire ai tavoli. E si aspetta che noi ci crediamo», concluse Miriam.

Annedda annuì con il breviario davanti alla bocca, assecondando in silenzio le parole della perpetua.

«Se gli chiedi come stanno ti rispondono: "Si tira avanti". Fesserie. Sembra che ha trasformato il piscio in acqua *mi'*, e che l'ha fatto pure da sola. È furba quella.»

«Liberaci dal male, Amen.»

Maria concluse il padrenostro con tono minaccioso. Sfregava le mani sulla gonna nera e inceneriva la perpetua con lo sguardo, come per trattenere un pensiero prima che le scivolasse via. Miriam fece finta di nulla e completò la frase abbassando la voce.

«Lo so io cosa vende, e non sono rastrelli e minestre.»

A quel punto Maria non si trattenne più.

«Non sei stanca di miagolare, ah?» sibilò a denti stretti.

Miriam trasformò la sorpresa di quella domanda in uno sguardo pietoso; poi si voltò verso Annedda di tre quarti, in modo che la *bruja* potesse seguire ogni parola con lo sguardo.

«*Parlare a nuora perché suocera intenda.*»

Maria, al sentire quelle parole, puntò le mani vibranti sul banco e strinse il legno fino a che non sentì una scheggia conficcarsi sotto le unghie. Don Giuseppe intanto concludeva il rito con un brano del Vangelo.

«E Gesù disse loro: *Avete inteso che fu detto: "Amerai il tuo prossimo e odierai il tuo nemico". Ma io vi dico: amate i vostri nemici e pregate per quelli che vi perseguitano, affinché siate figli del Padre vostro che è nei cieli; egli fa sorgere il suo sole sui cattivi e sui buoni, e fa piovere sui giusti e sugli ingiusti.* È parola di Dio.»

«Rendiamo grazie a Dio», risposero tutte in coro. Tutte, tranne Maria.

Uscendo in fila indiana dalla chiesa, le donne si avviarono verso casa giudicando il silenzio della vecchia come l'unica reazione possibile a un rimprovero meritato. Lei invece attese finché don Giuseppe – con una grossa croce dorata al collo che rimbalzava sulla tonaca nera a ogni passo – non uscì per chiudere il portone della chiesa a doppia mandata. La vecchia gli bloccò con forza un braccio prima che andasse via.

«Padre...»

«*Tzia* Maria, si è fatto tardi.»

«Una richiesta a nostro Signore», disse la donna, ritraendo in fretta la mano. «Che mandi all'inferno questo paese.»

Don Giuseppe la guardò con disappunto.

«La misericordia del Signore nostro è grande, Maria. Uno deve solo meritarla.»

«Non c'è misericordia qui, padre.»

Maria parlava con tono irrequieto e fissava un punto lontano, oltre le spalle del parroco.

«Le malelingue. Sono loro le maledette.»

«Sapete cosa dice il Vangelo, *tzia* Maria? *Con il giudizio con il quale giudicate sarete giudicati, e con la misura con la quale misurate sarà misurato a voi.* Andate in pace ora.»

«La pace è per i deboli, padre. E a me nessuno mi ha insegnato a stare in ginocchio.»

La vecchia si sistemò l'incrocio del velo e sparì in direzione di *su cuccuru.* Il cielo sereno faceva da cupola alla stradina stretta e deserta lungo la quale Maria camminava borbottando parole incomprensibili, mentre il sole rifletteva il suo profilo esile sui portoni della via in un'ombra compatta, lenta e scura – simile a quella di un ragno al lavoro sulla tela.

## 3.

Sulla via del ritorno, Maria deviò verso il sentiero che dal paese portava al fiume oltrepassando il bosco. Le fronde larghe delle querce oscuravano i raggi accecanti del sole, ma il suo passo era lento e il respiro affannato. Si fermava di tanto in tanto per raccogliere qualche asparago in mezzo ai cespugli; l'odore dei gambi gonfi e spezzati, al pensiero della frittata che avrebbe cucinato per cena, le seccò la gola dalla fame. Ne reggeva più di una dozzina in mano quando sentì lo scrosciare tranquillo del ruscello in lontananza, che dalla collina scendeva fino a valle facendosi strada tra gli alberi di fico. La via in quel punto diventava stretta e dissestata, ma Maria la conosceva a memoria. Sapeva che qualche metro più avanti il sentiero si sarebbe arrestato all'improvviso, all'altezza di una fila di massi pericolanti. Così accalcate, le pietre facevano da parapetto alla piccola cascata che da lì scendeva ripida, di parecchi metri, a picco sui campi. Poca gente si spingeva così avanti: quel tratto era particolarmente largo e la piena, specialmente nei mesi invernali, rischiava di provocare danni irreparabili a vigne e uliveti della zona. Nonostante tentare di raggiungerlo fosse pericoloso, per la vecchia non c'era luogo più importante al mondo.

Stando attenta a non inciampare tra le pietre, si fermò subito prima della cascata e afferrò il bordo della gonna nera con la mano libera. China sul terreno, si voltò per ammirare la distesa verde alle sue spalle e misurare la distanza percorsa. Poggiò il mazzetto di asparagi sull'erba e distese entrambi i palmi paralleli al ruscello, ancora poco agitato in quel punto. Le sue mani erano ruvide e coperte di cicatrici sui palmi; non appena sfiorò l'acqua avvertì un brivido lungo la schiena. Le nocche, allo sprofondare sotto il bagliore cristallino di quelle onde deboli, sembrarono rigenerarsi. Improvvisamente tornarono giovani, abbronzate e forti come quelle che aveva da ragazza.

Rispetto all'agosto di trent'anni prima era tutto diverso, tranne il caldo soffocante. Nonostante i suoi acerbi quindici anni, la vita le aveva già concesso ben più di qualche viaggio per l'isola. Gli spostamenti forzati – dovuti al lavoro dei genitori nelle case di famiglie benestanti, gestite in cambio di vitto e alloggio – avevano temprato il carattere della giovane alimentando il suo spirito ribelle. Ogni soggiorno era temporaneo, e Maria aveva imparato a schivare qualunque coinvolgimento emotivo con una certa abnegazione. Quando le condizioni di lavoro o salute dei padroni cambiavano, la famiglia era costretta a migrare più a sud ma la ragazza non protestava mai perché, segretamente, si era stancata ancora prima di fare le valigie. Di solito aiutava la madre con le pulizie o in cucina, ma le sue occupazioni preferite erano quelle lontane dalle mura di casa – come le trasferte alle fiere o giù ai campi per la raccolta stagionale. Più di tutto, però, Maria amava le passeggiate al fiume per fare scorta di acqua. Ripeteva ogni volta un rito preciso: indossava una gonna scura coperta da mezzo grembiule colorato, una camicia bianca a mezza manica per sudare il meno possibile durante il tragitto, un velo nero a coprire la testa, un panno bianco ripiegato più volte da usare come base e infine l'anfora, messa di traverso. Solo dopo aver testato l'equilibrio del recipiente in argilla era pronta per uscire.

Maria e la sua famiglia erano arrivati a Lolai da pochi giorni. Quel mucchio di case dai tetti a due falde, bassi e rossastri, disseminato sulla collina, le era ancora estraneo e forse per questo più attraente. La madre l'aveva mandata a recuperare l'acqua al fiume per la secondogenita dei nuovi padroni, i Collu, che era stata male all'improvviso. In casa erano più di una decina tra famiglia e servitù – distribuiti in vari casolari nei campi sul retro, adiacenti alle stalle. Dicevano che il signor Collu avesse accumulato vari possedimenti grazie alla compagnia mineraria di cui era a capo, e che la sua famiglia fosse la più ricca e rispettata del paese. Proprio per questo, la madre di Maria aveva avvertito la figlia di stare al suo posto e limitarsi a fare il proprio lavoro a dovere; quella gratificazione, poiché guadagnata col sudore, era la forma più alta di dignità a cui potessero aspirare.

Così Maria era salita verso il bosco affrettando il passo, all'idea che la salute della malata dipendesse in gran parte dalla sua rapidità nel portare a termine il compito. Aveva cercato di non farsi male serpeggiando tra le querce, guidata dal richiamo dell'acqua, e una volta giunta alla cascata aveva piegato la testa per far scivolare l'anfora da un lato. Il caldo accumulato lungo il cammino l'aveva stremata; così, sbuffando e con le guance in fiamme, si chinò sul ruscello. Affondò i palmi paralleli al corso d'acqua fino a toccare il fondo e si rinfrescò la fronte con le dita gocciolanti, sospirando per il sollievo. La gonna le scendeva fino ai piedi, ma il tessuto nero scottava a tal punto che ne prese un lembo con la mano e la sollevò fino alle cosce. Rimase seduta sul prato a gambe aperte, e più le mani arrotolavano la gonna, più sentiva che il sangue nelle ginocchia arrossate smetteva di pulsare a contatto col vento. Poi immerse di nuovo le mani in acqua e ne schizzò qualche goccia sulle caviglie, con un sorriso soddisfatto. Fissò il corso del fiume per un po', dimenticando l'urgenza che l'aveva condotta così lontano. Dai cespugli gialli di finocchio selvatico, sulla riva opposta del fiume, emerse un fruscio che la fece trasalire. Maria si accorse di non essere sola. Le sue gambe si chiusero di scatto e le mani scivolarono verso il basso, per rimettere a posto la gonna. Poi la ragazza si mise in piedi e guardò titubante davanti a sé.

«Chi è?» chiese spaventata.

Nessuno rispose. Quando ripeté la domanda, la macchia gialla si mosse di scatto. Dal cespuglio spuntò la sagoma di un ragazzo che avanzava senza fretta. Alla prima occhiata sembrava poco più che un bambino, ma non appena emerse dal verde Maria notò che aveva un passo lento, braccia robuste e gli occhi – con un piccolo neo in mezzo alle sopracciglia – erano scuri e smaliziati come quelli di un adulto.

«Mi stavi spiando?» chiese.

Il ragazzo la fissò senza imbarazzo, ma la sua bocca sembrava essere rimasta a secco; deglutì in fretta e si bagnò le labbra con la lingua prima di rispondere.

«No, mi facevo solo gli affari miei. Tu chi sei?» chiese, alzando il mento con aria sfacciata.

«Maria», rispose lei altezzosa. «E tu?»

«Vincenzo», disse deciso. «Sei nuova?»

Maria fissò la faccia che aveva di fronte per cercare di interpretare la domanda, ma fu distratta dal modo sfrontato con cui Vincenzo le fissava i capelli, il petto e le caviglie ancora scoperte.

Il signor Cabboi, l'ultimo padrone da cui erano stati, spesso la faceva chiamare all'imbrunire per visitare insieme a lei le stalle e controllare che fosse tutto in ordine. Più volte l'aveva lodata per quanto in fretta si fosse fatta donna; le aveva ricordato che c'era da stare attenti, con quelle come lei, perché a gestire una fortuna pericolosa come la bellezza le donne non sempre sono capaci. L'uomo diceva queste cose dandole dei buffetti sulla guancia, o facendole scivolare una mano dietro la schiena mentre percorrevano il fienile. Maria annuiva imbarazzata e lui rideva più del dovuto, accarezzandole i capelli e sporcando quel gesto gentile con un'invadenza che spesso le provocava la nausea, una volta tornata a casa.

Lo sguardo di Vincenzo però non aveva niente a che fare con quello del signor Cabboi. La pancia le faceva sempre male, ma era un fastidio diverso. Il ragazzo si schiarì la gola e Maria si rese conto in quel momento di essere in ritardo.

«Devo portare l'acqua a casa Collu», disse chinandosi sul letto del fiume ma continuando a spiarlo di sfuggita, mentre con un salto cercava di raggiungerla.

«Quanti anni hai?» le chiese poi, infilandosi entrambe le mani in tasca.

«Quindici. Tu?»

«Due in meno. Ma tra poco faccio il compleanno.»

Maria ritrasse l'anfora piena dal ruscello e alzò le braccia per mettersela sulla testa. Si concentrò per non perdere l'equilibrio e iniziò a camminare; Vincenzo la seguiva in silenzio, affascinato dal modo preciso con cui manteneva il proprio baricentro stabile, in modo da non perdere nemmeno una goccia d'acqua.

«Lavori per i Collu?» le chiese.

«Sì», rispose lei. «Ma siamo arrivati da poco, non conosco ancora nessuno in paese.»

«Meglio, di simpatici ne son rimasti pochi.»

Maria sorrise di nascosto senza distogliere lo sguardo dalla strada, mentre il ragazzo strappava il gambo di un'acetosella da un cespuglio e lo mordicchiava con forza, per tirarne via il succo dolciastro. Continuarono a parlare oltrepassando gli alberi di fico e le querce, prima di rientrare a Lolai dal bivio del cimitero. Il ragazzo le parlò di un amico, poco più grande di lui – che in paese tutti chiamavano Biccu – famoso per dire in giro che era figlio di nobili sperando di fare colpo sulle ragazze. Vincenzo parlava in tono leggero e indifferente ma sembrava scegliere le parole con cura, tanto da convincere Maria che, al contrario di lei, doveva aver studiato.

«Mi piace andare al fiume perché non c'è mai nessuno. Ma oggi sono contento per due motivi», disse non appena furono vicini a casa Collu.

«Primo, perché ho avuto ospiti...» disse, fissandola senza finire la frase. Maria ricambiò lo sguardo con imbarazzo, e lui fece un passo in avanti per avvicinarle la bocca all'orecchio.

«E secondo, per averti visto sotto la gonna.»

La ragazza avvampò, ma prima che riuscisse a parlare lui era già scappato verso casa. Il signor Collu faceva avanti e indietro a ridosso del cancelletto all'ingresso, sfregando agitato le mani sui pantaloni di tela grigia. Alzò la testa non appena vide arrivare Maria con l'anfora piena d'acqua.

«Meno male che sei tornata», disse l'uomo con aria stanca. «Mia moglie ti aspetta al primo piano, fai presto.»

Solo dopo qualche secondo sembrò accorgersi della presenza di Vincenzo e gli tirò una sberla dietro la nuca.

«*Bagamundu!* Dove te ne sei andato di nuovo?»

«In giro.»

«*Tocca*, vai a lavarti, tra un po' mangiamo.»

«*Eja, babbu*», rispose il ragazzo, e nel pronunciare quelle parole si voltò di scatto, facendo un occhiolino quasi impercettibile in direzione di Maria.

In quell'istante un leggero brivido le percorse la schiena, e il viso di Vincenzo iniziò pian piano a occuparle i pensieri. Maria alternava smorfie fulminee di gioia e vergogna alla sola idea di rivederlo, e a volte le due cose riuscivano a coesistere tanto da formare un groviglio di desideri inappropriati che non era sicura di riuscire a maneggiare senza dare nell'occhio. Le parole di Vincenzo le avevano confermato che, qualunque cosa stesse provando, semplicemente non poteva esistere. I Collu erano i suoi padroni, lei la loro serva. Vincenzo era un bambino che si comportava da adulto, lei un'adulta con un desiderio che aveva sempre considerato infantile. La seduzione e insieme l'oscenità di quei pensieri si alternavano rapidi come il susseguirsi di due facce opposte in una moneta rotante, aumentando di velocità a ogni sguardo.

Passarono le settimane e i due ragazzi erano spesso vicini ma mai soli. Maria vedeva Vincenzo passeggiare in giardino, di tanto in tanto, e i due si cercavano con lo sguardo ma venivano puntualmente interrotti da qualche voce in cerca di aiuto. Se si incrociavano nei lunghi corridoi vuoti della casa, Vincenzo inventava una scusa qualunque per fare conversazione ma Maria la troncava subito per paura che li potessero sentire, rispondendo a monosillabi. Intanto la salute di Gesuarda, la sorella di Vincenzo, migliorò per qualche mese: la primogenita dei Collu era più grande di Maria ma parlava poco, e non sembrava gradire la compagnia tranne che in qualche raro momento in cui passavano il pomeriggio insieme a ricamare. Vincenzo non era argomento di discussione, ma Maria scoprì presto che i genitori avevano regalato a entrambi i figli un'istruzione privilegiata e un'infanzia felice. Gesuarda raccontava di avventure per mare, visite in città sconosciute e studio di dialetti stranieri che ormai ricordava poco. Maria ascoltava in silenzio e ben presto finì per invidiare le fortune dei giovani padroni, finché sua madre, sentendola lamentarsi una sera a cena, la sgridò con aria seccata.

«Il denaro può comprare quasi tutto, tranne l'amore e la salute. Ti conviene ringraziare per le fortune che hai ricevuto, invece di desiderare quelle degli altri.»

Gesuarda peggiorò alla fine dell'autunno successivo. Il dottore la visitò e disse alla signora Collu che c'era poco da fare a parte starle vicino per alleviare le ultime ore di sofferenza. Poco prima dell'alba, non appena il parroco finì di recitare il rosario, Gesuarda se ne era andata. Maria cercò di resistere invano alla sofferenza, e lasciò la camera poco prima di scoppiare in un pianto senza sosta; nonostante i suoi sforzi, si era affezionata a quella famiglia più di quanto avrebbe voluto. Un pomeriggio, presa dallo sconforto, chiese aiuto a una delle altre donne per finire le faccende in anticipo e poter uscire di casa per distrarsi un po'. Il vento si era alzato la notte prima e le temperature sembravano annunciare un inverno particolarmente rigido, ma Maria desiderava più di ogni altra cosa tornare al fiume – combattuta tra la voglia di stare sola e la speranza di trovare Vincenzo ad attenderla.

Lo vide seduto su uno dei grandi sassi ai lati del fiume, messi in fila per evitare che l'acqua esondasse in un torrente impetuoso. Stava lì, con i piedi a mollo fino agli stinchi, e l'infrangersi delle onde sui sassi sembrava fargli rimbalzare qualche goccia sulla faccia; avvicinandosi, Maria capì che in realtà stava piangendo. Appena Vincenzo se ne accorse, alzò in fretta la manica della giacca per asciugarsi il viso umido. Maria non disse nulla, si tolse le scarpe e affondò anche lei i piedi nell'acqua fresca. Si lasciò cadere piano sulla pietra accanto alla sua, ed entrambi alzarono lo sguardo verso il cespuglio di finocchio selvatico che gli stava di fronte. A un tratto, senza averlo davvero deciso, la ragazza allungò la mano verso quella di Vincenzo e la strinse per un attimo; lui non oppose resistenza. Rimasero fermi con le mani intrecciate, mentre lo sciabordio dell'acqua aumentava con la stessa rapidità del vento.

Poi il ragazzo inspirò a fondo e si girò a guardarla, senza dire nulla. Maria avvertiva quello sguardo su di sé ma non osava voltarsi; sentiva il petto andare su e giù sempre più in fretta, mentre i suoni attorno a lei si erano ovattati per lasciare spazio al pulsare veloce di un ritmo nuovo – che doveva venire da un angolo del suo cuore mai messo in moto prima di allora – incalzante come un tamburo nelle notti di festa. Poi anche il battito smise di accelerare e non le rimase che un leggero fischio nelle orecchie, una frequenza debole ma meno vuota del silenzio. Si girò piano fino a ricomporre il suo orizzonte nella forma di un volto, e finalmente lo riconobbe. Quello sconosciuto che l'aveva attirata per gioco con l'impeto di un bambino, per poi colpirla con l'impertinenza furba di un ragazzo, e che ora la desiderava con la tenera fermezza di un adulto – quell'amore che lei non aveva mai avuto il coraggio di immaginare le stava davanti, e aveva un nome.

Le loro labbra si avvicinarono timide, e solo quando il maestrale li costrinse a staccarsi per tornare a casa si resero conto, mano nella mano, di essere cresciuti spaiati come delle vecchie scarpe in saldo al mercato – consumati a furia di andare in giro ma felici, insieme, di andare da qualche parte.

# 4.

Gli incontri al fiume dei due si fecero più frequenti, e la loro complicità di pensiero crebbe di pari passo con quella dei corpi. Misuravano le settimane, i giorni e persino le ore con l'unità di tempo degli amanti – contratta a ogni incontro, dilatata a ogni distanza. Era difficile tenere quell'amore travolgente e ingenuo lontano dagli sguardi delle famiglie, ma approfittarono in maniera astuta di tutte le occasione utili e furono attenti a non farsi scoprire: dalle occasionali gite fuori porta dei Collu all'ora fugace della messa, fino a qualche ora di buio prima della buonanotte che trascorrevano nella baracca per gli attrezzi in fondo al giardino. Si amavano facendo progetti ma non se li confessavano mai, mescolando la speranza che quell'unione non finisse così presto con la paura che le loro voci tradivano a ogni saluto. Man mano che i mesi passavano, però, nella testa di Maria cresceva il terrore all'idea che tutto potesse finire. Era sicura dei suoi sentimenti per Vincenzo, ma la loro differenza di età era comunque un pericolo. Il suo privilegio lo rendeva testardo e fiducioso che avrebbero trovato il modo di sposarsi, di lì a qualche anno, e fu così convincente che Maria accettò l'idea che il loro incontro, in fondo, non fosse stato un caso.

Un giorno, mentre la ragazza tornava dal fiume con l'anfora piena d'acqua sulla testa, si sentì mancare. Il recipiente le scivolò di lato e si ruppe in mille pezzi, rovesciando l'acqua sul piazzale davanti alla chiesa. Due donne, sedute poco lontano e spaventate dal fragore sordo della terracotta, le corsero incontro per scortarla fino a casa. Appena arrivata al casolare, Maria sentì una strana nausea salirle dallo stomaco sino alle tempie e vomitò sull'erba davanti alla madre, accorsa al richiamo delle donne. La ragazza passò i giorni successivi a letto tra vertigini, nausee e perdite di sangue; non ebbe modo di vedere Vincenzo ma sapeva – origliando le conversazioni dei genitori durante i pasti – che lui la cercava. Qualche giorno più tardi, allarmata dal malessere incessante, la madre fece chiamare il medico del paese vicino. L'uomo annuì spesso durante la visita e prima di andare via aggrottò la fronte e guardò la madre, che attendeva sull'uscio. Maria, non appena il dottore ebbe salutato la famiglia e lasciato la casa, sentì la pelle callosa della mano di sua madre bruciarle la guancia con uno schiaffo così forte da farle piegare la testa in avanti per il contraccolpo.

«Di tutti i guai che potevi combinare, proprio questo! Non hai finito di fare la figlia e già credi di poter fare la madre? Disgraziata!»

Maria si girò di scatto, cercando il padre con lo sguardo, ma quello fissava il pavimento incapace di reagire.

«Cosa credi, che adesso te lo lasceranno sposare?»

La madre parlava allargando le braccia, come durante il padrenostro, chiedendo a Dio la forza per non scagliare ancora la sua furia sulla figlia. Maria, con i piedi infreddoliti sotto il lenzuolo bianco e una mano sulla pancia, rimaneva immobile come se qualcosa le avesse appena dato la scossa.

«Io te l'avevo detto», sussurrò la madre al marito con un lamento. «Sei sempre stato troppo buono con lei, e ora guarda cosa ti ha combinato.»

Vedendo che l'uomo non accennava a rispondere, si voltò di nuovo verso la figlia.

«Non hai idea di cosa ti aspetta», le disse.

«Lo so benissimo invece», rispose Maria, bloccando

una lacrima sullo zigomo con la mano libera e irrigidendo la mascella per la rabbia.

«Ci parlerò appena starò meglio e risolveremo tutto.»

La madre imprecò esasperata e il padre si coprì il volto con le mani. Maria, al contrario, si fece più risoluta.

«Noi due ci amiamo, che vi piaccia o no. E ci sposeremo anche senza il vostro permesso.»

«Adesso basta!» urlò il padre all'improvviso, facendo vibrare il tavolo della cucina con un pugno.

«Ha ragione tua madre, siamo stati troppo buoni. Ti abbiamo dato più libertà, e tu l'hai sprecata restituendoci la peggiore delle disgrazie. Da adesso in poi farai quello che c'è da fare, o sarà peggio per te.»

Maria avrebbe voluto urlare, strapparsi i vestiti di dosso e afferrare la sedia accanto al letto per scaraventarla contro la parete. Invece rimase immobile, affondando gli incisivi nella carne rossa del labbro inferiore fino a farlo sanguinare. Quella notte non riuscì a chiudere occhio, né a fermare il pianto; la paura del disastro che la madre le aveva annunciato si unì alla sofferenza fisica che le impediva di rimettersi in piedi. Nei giorni successivi la madre la accudiva con distacco e le parlava a stento, mentre il padre si tratteneva spesso giù ai campi, saltando volentieri i pasti per non incrociarla. La sua intenzione, però, nonostante l'astio della famiglia, era una sola e piuttosto semplice: riuscire a dare la notizia a Vincenzo di persona. Non appena si rimise in forze fece il giro della casa per cercarlo, ma il ragazzo sembrava sparito nel nulla. La prima notte, dopo aver scoperto di essere incinta, le era balenata in testa l'idea di proporgli una fuga, ma col passare delle settimane diventava sempre più difficile credere che lui l'avrebbe seguita.

Quando Maria poté riprendere a lavorare, il resto della servitù le rivolse occhiate eloquenti; la notizia aveva già fatto il giro della casa, forse addirittura del paese. Solo una sera, finita la cena, sua madre le disse che Vincenzo era partito insieme al signor Collu per un viaggio d'affari, e non sarebbe tornato presto. Maria cominciò a vivere in apnea e spesso la notte sognava di ritrovarlo su al fiume; era tutto uguale al loro primo incontro tranne la faccia di lui, non più curiosa ma preoccupata. Non appena apriva bocca, dalla sua gola non usciva alcun suono e il sogno si interrompeva all'improvviso. Maria si svegliava sudata e con il fiato corto, terrorizzata all'idea di addormentarsi di nuovo e rivivere quell'incubo. Quando Vincenzo tornò – erano passate settimane, forse addirittura un mese – Maria decise che quella notte lo avrebbe seguito di nascosto. Camminò a fatica lungo il giardino, con la pancia che iniziava a farsi gonfia e pesante; gli colpì la mano che reggeva la maniglia del cancelletto in legno con uno schiaffo.

«Dove sei stato?»

Vincenzo si girò di scatto, e non appena la vide sospirò accennando un sorriso.

«Non mi hai mai cercata.»

Il ragazzo guardò per terra.

«Scusa», disse piano.

Maria intuì che lo avevano già informato, e improvvisamente non seppe più cosa dire.

«Cosa pensi di fare?» chiese lui, preoccupato.

«Perché non mi chiedi se sono contenta, invece?» disse lei.

«Sei contenta?» chiese.

«Sì. E tu?»

«Io pure.»

Maria fissò gli occhi neri di Vincenzo e li riconobbe più profondi del solito, ancora familiari; si allungò sulle punte dei piedi per sfiorargli il neo tra le sopracciglia con un bacio. Si sorrisero, allungarono entrambi le mani e se le strinsero forte nel buio, consapevoli che l'unico vero rischio, a quel punto, era mollare la presa.

«Penso che appena nasce ci dobbiamo sposare», disse Maria con tono deciso.

Vincenzo non rispose, ma abbassò di nuovo lo sguardo.

«Mi vuoi bene, sì o no?»

«Sì, ma è complicato», cominciò a dire lui.

«E invece no. Ormai non è più un segreto, e quando il bambino nascerà saremo grandi abbastanza per diventare una famiglia come si deve.»

La ragazza lo fissò speranzosa, ma proprio come nei suoi incubi più ricorrenti Vincenzo si era fatto maturo e rassegnato: le sue braccia erano più robuste, le spalle più larghe e una barba rada gli copriva il mento. Il tempo passato insieme in quella casa si fece d'un tratto sbiadito, e Maria si accorse con una fitta allo stomaco che mentre il suo cuore aveva alimentato la speranza di far funzionare le cose, la mente di lui aveva nutrito una paura più grande.

«I miei non sono d'accordo», disse piano.

Maria ci mise qualche secondo a rispondere.

«E tu non hai cercato di convincerli?»

«Sì, ma non è facile. Dobbiamo aspettare.»

Vincenzo si allungò per ricambiare il bacio di poco prima, ma Maria si ritrasse nel buio. Il ragazzo le chiese di pensare a riposare e non stancarsi troppo, ma lei sibilò a denti stretti che non aveva bisogno di consigli; poi si voltò e sparì tra gli alberi del giardino.

Durante la gravidanza i padroni di casa non la andarono a trovare al casolare nemmeno una volta. Due donne della servitù, scherzando, ebbero il coraggio di chiederle chi fosse il padre del bambino, ma notando il suo sguardo silenzioso e inferocito cambiarono in fretta argomento. Maria lavorava meglio che poteva obbedendo alla madre senza protestare, ma alla fine del settimo mese la pancia le rese difficili anche i movimenti più banali; costretta a letto, le sembrò di rivivere la stessa agonia di qualche mese prima. Sul futuro non ne sapeva più di allora e, ogni volta che incontrava Vincenzo per sbaglio, gli scorgeva negli occhi una certa inquietudine, come se il cielo gli si fosse annuvolato sulla testa all'improvviso. Alle domande nervose di Maria il ragazzo rispondeva vago, e ogni incontro finiva in litigio.

Una mattina, dopo aver visto la servitù scorrazzare avanti e indietro tra casa e giardino con una fretta insolita, Maria approfittò del rientro della madre al casolare per indagare.

«Arrivano ospiti?» chiese.

La madre cercò di mascherare l'esitazione.

«Un amico del signor Collu e famiglia. Sono appena arrivati e saranno stanchi, perciò stiamo preparando le camere.»

Maria ascoltava con poco interesse, e la madre ne approfittò per schiarirsi la voce prima di continuare.

«Hanno portato anche la figlia con loro.»

La ragazza a quel punto si girò di scatto sul letto.

«Margherita, si chiama», disse la donna. «Ha qualche anno in meno di te.»

Approfittando del silenzio che aveva pervaso la stanza, la madre prese a parlare d'altro, ma Maria non ascoltava.

«Quanto rimangono?»

«Non si sa ancora. Ma tu devi pensare al bambino, non ti puoi muovere da qui», tagliò corto la donna.

«Faccio quello che mi pare», disse Maria seccata.

«Ti è peggiorato di nuovo l'umore», disse la madre senza darle troppo peso. «Sarà di sicuro una femmina.»

Un'ora dopo, la donna tornò a preparare le stanze e Maria attese immobile a letto per qualche minuto; poi, recuperate un po' di forze, percorse di nascosto il giardino in direzione del salone, impaziente di vedere Margherita con i suoi occhi. Trovò le due famiglie ancora in sala da pranzo e si nascose dietro un cespuglio di fresie per spiarli; non riuscendo a sentire ciò che dicevano, ne studiò i movimenti per capire di più. I grandi sembravano muoversi al rallentatore: gli uomini dandosi gomitate amichevoli tra un boccone e l'altro e versandosi a vicenda vino rosso nei calici, le donne indicando gli arredi della stanza e ridendo di gusto a ogni battuta dei mariti. I due ragazzi invece stavano al lato opposto del tavolo, e Margherita era intenta a pulirsi le labbra sul panno bianco accanto al piatto come un piccolo gatto assonnato.

Rispetto a Maria era ancora una bambina e, a parte un leggero difetto alla palpebra destra – che le lasciava l'occhio socchiuso –, era molto graziosa. I capelli, scuri come gli occhi, erano raccolti in una treccia ordinata. Il suo vestito di lino rosa sembrava ordinario quanto lei, finché Maria non ne notò la parte inferiore bordata di un raso color vinaccia, segno della sua provenienza agiata. Chi la sorprese più di tutti, però, fu Vincenzo. Anche lui si era fatto elegante per l'occasione: portava una camicia bianca sotto il gilet di velluto e dei pantaloni in orbace nero; sembrava poco interessato ai discorsi degli adulti e sorrideva raramente, facendo ogni tanto qualche domanda alla giovane ospite per riempire il silenzio. Maria lo guardò e sorrise senza rendersene conto: quel disagio muto provava che il suo cuore, in attesa dell'emozione di farsi padre, era altrove.

Il pasto andò avanti a lungo e Maria, sentendo dei lievi crampi alla pancia, decise di tornare al casolare; il suo volto si adombrava a ogni passo. In un attimo realizzò che non poteva essere solo questione di riunioni nostalgiche: quell'arrivo era stato pianificato da tempo, e Vincenzo glielo aveva nascosto di proposito. Mentre formulava quel pensiero avvertì un'altra fitta alla pancia, questa volta più violenta. Si piegò dal dolore, afferrando la trave di legno della stalla con una mano, indecisa se urlare per chiedere aiuto o attendere la fine dello spasmo. Il bambino, al quale aveva pensato fino a quel momento come a un'entità astratta senza genere né peso, non poteva essere già sul punto di nascere; mancava ancora un mese. Realizzò in un attimo che si era preoccupata delle cose sbagliate, e che a vivere quei mesi era stato il suo corpo nella testa di un'altra. Il dolore della fitta scomparve poco dopo, ma non passò più di qualche minuto e arrivò la seconda, seguita da una terza e una quarta.

Maria si accorse che non era un falso allarme e chiamò a squarciagola la madre, che la accompagnò in camera da letto alla svelta senza farle domande sul perché se ne fosse andata in giro in quelle condizioni. Una volta realizzata l'urgenza, con la prontezza di un capostazione all'arrivo del convoglio, la madre fece chiamare alcune donne della servitù per darle una mano. Le doglie aumentarono col passare delle ore, e la camera di Maria si trasformò in un'infermeria di guerra. Il comodino al lato del letto reggeva ancora qualche asciugamano pulito, mentre gli altri sporchi di sangue giacevano sparsi sul pavimento. Un telo bianco umido le copriva la fronte per evitare l'aumento di temperatura, e un catino d'acqua calda stava ai piedi del letto pronto ad accogliere il primo bagnetto del neonato. La madre si assicurò che sul ripiano di legno della cassettiera, insieme a varie candele e un paio di forbici, ci fosse anche un Vangelo. Più volte durante il travaglio, con un breve cenno del capo, la donna chiese alle donne di recitare un brano dal testo sacro ad alta voce. Maria diede al mondo sua figlia in un misto di gioia e dolore sconosciuto, così potente da farla sprofondare sul letto senza forze. Quando si riprese, ancora prima di aprire gli occhi, sentì il pianto della bambina dalla stanza accanto.

«Te l'avevo detto io, che era una femmina», disse la madre, varcando la soglia con in braccio un fagotto di panni candidi.

La donna si piegò con delicatezza sul letto e Maria finalmente la vide: i suoi piccoli occhi socchiusi e la linea color pesca della bocca arricciata per il pianto sembravano racchiudere tutto il mistero di una vita che aveva imparato a lottare ancora prima di nascere. Ai Collu la notizia arrivò a tarda notte, ma la presenza dei nuovi ospiti gli diede una scusa ulteriore per evitare le visite; Vincenzo fu l'unico a insistere per vedere entrambe prima di andare a dormire. Maria aveva chiesto subito di lui alla madre, seduta esausta sulla poltrona della cucina, e quella le aveva risposto che i Collu erano già stati troppo gentili a fornire tutto il necessario perché il parto andasse a buon fine, di più non poteva pretendere.

«Verrà, ne sono certa», sospirò la ragazza, rivolta più a sé stessa che alla madre.

«Questa era la parte facile», disse la donna, incurvando le sopracciglia in segno di sconforto.

Maria si era addormentata di nuovo quando Vincenzo li raggiunse. Non appena aprì gli occhi e lo vide, il volto della ragazza si illuminò di gioia; si girò da un lato a fatica e gli fece cenno di avvicinarsi al letto. Lui avanzò piano e, non appena Maria abbassò il lenzuolo scoprendo la faccia sonnecchiante della bambina, Vincenzo trattenne il fiato. Poi alzò un braccio ma lo ritrasse subito, impaurito.

«Puoi toccarla, mica si rompe», disse Maria con un sorriso stanco. Vincenzo, il cui viso profumato e senza barba lo faceva di nuovo troppo giovane per essere padre, piegò lentamente la testa e sfiorò una guancia della neonata con le labbra. Poi si girò verso Maria.

«Come la vuoi chiamare?»

«Teresa», disse lei, senza esitare. «Come la santa. Ne ha parlato don Elia l'altra domenica a messa; da piccola è stata molto male, ha quasi rischiato di morire, ma poi ha vissuto fino a sessantasette anni ed è diventata molto importante. L'hanno addirittura proclamata "dottoressa". Nostra figlia dev'essere forte e coraggiosa come lei.»

Vincenzo annuì con un sorriso.

«Perché non mi hai detto che avevate ospiti?» chiese all'improvviso Maria, tirandosi su per poggiare la schiena sulla spalliera del letto.

«Quanto rimangono?» incalzò, vedendo che il ragazzo evitava la domanda di proposito.

«Vanno via tra una settimana.»

«Tutti e tre?»

Lui distolse lo sguardo e finse di riordinare il lenzuolo intorno alla neonata. Maria allungò una mano e gli tirò il braccio con insistenza.

«Ci dobbiamo sposare. Me l'hai promesso.»

La voce di Maria tremava un po' per la stanchezza un po' per la frustrazione; Vincenzo non era mai stato così distante da quando si conoscevano.

«Rispondimi!» urlò alla fine, chiudendo una mano a pugno e sbattendola sulle coperte con forza. La piccola Teresa si svegliò per il rumore e iniziò a piangere. La madre di Maria entrò nella stanza e guardò severa entrambi senza dire nulla; poi prese la bambina tra le braccia e tornò in cucina. Non appena fu uscita, Vincenzo guardò Maria con la stessa paura di chi sta per usare un coltello per la prima volta.

«Fra poco compio gli anni, e mi faccio grande. Dovrò badare alla casa, agli affari e a quello che dice la gente in paese. Mi tocca farmi una famiglia come si deve. Non ho altra scelta.»

A quelle parole, sul viso di Maria scomparve ogni traccia di energia residua, trattenuta con sforzo fino a un minuto prima. La sua fronte impallidì, seguita da zigomi, mento e collo. Senza riuscire a rispondere, scivolò sotto le coperte come un'alga in balia delle onde. Il ragazzo continuò a parlare con voce monocorde, come se avesse ripetuto quelle frasi più volte per impararle a memoria.

«Comunque tu e la tua famiglia potete rimanere qui, non ci sono problemi. Alla bambina non mancherà niente, te lo prometto. Tu pensa a riposarti ora, recuperare un po' di forze vi farà bene.»

Vincenzo si alzò dal letto e raggiunse la porta, assecondando col corpo la distanza di quelle parole.

«Mi ami o no?» chiese Maria con un filo di voce. Le pareti della camera rifletterono un silenzio troppo lungo.

«Mi ami o no?!» ripeté più forte.

Vincenzo si voltò sulla soglia. I due si scambiarono uno

sguardo che sembrò eterno, le loro bocche urlavano senza emettere suoni. Maria gli vide gli occhi farsi improvvisamente lucidi, ma il ragazzo si girò prima che fosse troppo tardi e uscì dalla stanza.

# 5.

Gli Schirru andarono via una settimana dopo, e Margherita rimase ospite in casa Collu fino a data da destinarsi. Con l'arrivo della primavera iniziarono i preparativi per la festa patronale in onore di santa Cecilia, e la signora Collu si fece aiutare dalla ragazza per preparare i corredi da fornire alla chiesa. Solo in poche occasioni Maria scambiò più di qualche saluto con le altre donne di Lolai. A ogni sguardo indagatore rispondeva con un breve e imbarazzato cenno del capo, sentendole commentare sottovoce non appena si allontanava: «*'Ta peccau,* nemmeno un marito si è trovata», e: «I peccati dei padri poi, li piangono i figli».

Dopo quella notte al casolare Vincenzo aveva schivato ogni possibile incontro con lei e la bambina. Maria dormiva sempre meno e iniziò pian piano a sentire la mente vacillare sotto i colpi di tutte le promesse infrante e le responsabilità che non era in grado di affrontare. Talvolta le sembrava di scorgere i piedi del ragazzo in corridoio mentre era intenta a rifare i letti, o un braccio abbronzato da dietro gli asciugamani stesi in giardino. I due ripresero a discutere in ogni angolo della casa e a ogni ora del giorno – o forse era lei sola a discutere col vuoto, non sapeva più dirlo – tentando invano di distrarsi da quei pensieri con la stessa inefficacia di chi cerca di lavare via dal vestito una macchia indelebile. Aveva commesso il peccato imperdonabile di innamorarsi, e ora ne avrebbe pagato le conseguenze. Quando smise di allattare la figlia si rese conto che, durante tutti quei mesi, non le aveva dedicato più attenzioni di quelle che si riservano a un estraneo bisognoso di aiuto. Evitava il più possibile di rimanere da sola con lei e chiedeva spesso alla madre di occuparsene, offrendosi di sbrigare le faccende di casa al suo posto. Era terrorizzata all'idea di legarsi a una vita che aveva concepito ma mai davvero accolto e, come in ogni attesa vana, restava sospesa tra la consapevolezza che i suoi giorni in casa Collu erano contati e un'ultima disperata speranza che Vincenzo si decidesse a sposarla.

La mattina della festa tutti si diedero da fare ancora prima che spuntasse l'alba. Quell'anno cadeva il cinquantesimo anniversario della morte della santa e i preparativi furono estenuanti, soprattutto visto l'arrivo del vescovo in paese apposta per l'occasione. I Collu accettarono di fornire paramenti, fiori e offertorio per la messa, oltre che un ricevimento in casa loro una volta conclusa la celebrazione. Tutta la servitù aveva lavorato senza sosta per settimane, pulendo la tenuta da cima a fondo e rifornendo le dispense con ogni genere di provvista.

Alla messa parteciparono tutti. Il padre del giovane Biccu, con l'aiuto del figlio e altri due uomini, si offrì di portare in processione il cero, la croce in legno e l'asta che reggeva lo stendardo – un drappeggio in seta celeste e con la scritta LOLAI ricamata in oro – che la signora Collu aveva cucito con l'aiuto di Margherita. Don Elia e il vescovo si misero a capo della fila, seguiti da donne, bambini e uomini. Le donne si tenevano a braccetto a due a due lungo la salita, in coda a una fila che serpeggiava sul pendio della collina. Nonostante il passo di quella folla ordinata diventasse via via più lento durante la salita, le voci di uomini e donne si alternavano intonando cori antichi senza calare d'intensità. I loro occhi, nel frattempo, riprendevano fiato ammirando dalla cima lo splendore dell'immensa distesa verde che gli si apriva davanti. Poi iniziarono la discesa e conclusero il rito con la benedizione finale in piazza, prima di spostarsi dai Collu per il ricevimento.

Maria quella mattina aveva giunto le mani in preghiera e schiarito la voce per dedicare inni ai santi, ma mentre il suo corpo le comandava gesti vuoti e ripetitivi la sua testa era altrove. Aveva osservato Margherita avanzare in processione con il braccio intrecciato a quello della padrona di casa – che l'aveva voluta, ospitata, e sembrava trattarla ogni giorno di più come una figlia. Sapere che a ogni loro sorriso complice svaniva l'unica idea di felicità a cui avesse mai aspirato, la faceva ribollire di una frustrazione violenta. Riuscì a mantenere la calma per il resto del pomeriggio, facendo avanti e indietro tra i vassoi da riempire e brevi deviazioni al casolare per controllare che Teresa stesse bene.

Quando iniziò a fare buio, il signor Collu fece accendere il fuoco dentro casa e invitò gli ospiti a entrare; non voleva interrompere per nessuna ragione il resoconto spaventoso del suo ultimo viaggio in miniera, che il gruppo ascoltava interessato e l'abbondanza di vino rendeva via via più avvincente. Maria decise di fare il giro largo per aiutare la madre in cucina, ma non appena girò l'angolo e vide la sala da pranzo, i suoi occhi scorsero i profili di due ragazzi intenti a parlare nel lato buio della stanza. Vincenzo dondolava sul bordo in paglia intrecciata della sedia e teneva il colletto bianco della camicia alzato, le maniche della giacca in velluto nero tirate su fino ai gomiti. Sembrava concentrato nello sforzo di trovare le parole giuste da dire e guardava per terra. La ragazza invece, con indosso una lunga gonna nera a pieghe, indugiava nella sedia accanto; le sue braccia esili, coperte da una camicia bianca a sbuffo, premevano ai lati del corpetto in velluto rosso accompagnando ogni respiro. All'improvviso le scivolò una ciocca dalla treccia, costringendola ad arricciare il labbro inferiore in uno sbuffo per liberarsi la vista. I due erano vicini, ma non abbastanza da toccarsi, e vedendoli così Maria si accorse che insieme erano giusti, complementari come gli angoli opposti della stessa figura.

All'ennesimo sbuffo di Margherita, Vincenzo smise di parlare e scoppiò in una risata divertita, improvvisa. Lei lo guardò per un attimo e iniziò a ridergli appresso, coprendosi la bocca con le mani per l'imbarazzo. Smisero di ridere e si lasciarono cadere sullo schienale delle sedie, respirando a fondo per riprendere fiato; Maria sentì un formicolio invaderla fino ai piedi, finché quelli non scattarono da soli in avanti. Vincenzo, alzando gli occhi in uno sguardo timido, allungò una mano verso il ciuffo ribelle di Margherita per rimetterglielo delicatamente dietro l'orecchio. Mentre gli sguardi dei due stavano per incrociarsi la mano di Maria – attraversato di corsa il salone – afferrò con violenza la treccia della ragazza da dietro la sedia facendola cadere a terra con un tonfo.

«Sei pazza?» gridò Vincenzo chinandosi verso Margherita, che aveva gli occhi lucidi per le lacrime.

«L'hai voluto tu», sibilò Maria, con le sopracciglia inarcate in uno sguardo furente.

«Vattene», le disse Vincenzo sottovoce.

«Ti importa così poco?» continuò Maria a voce più alta. «Mi fai schifo!»

Vincenzo non disse nulla. Porse una mano a Margherita per tirarla su e si guardò intorno per essere sicuro che nessun altro avesse assistito alla scena.

«Chi è?» gli sussurrò piano la ragazza, indicando Maria con aria spaventata.

«Glielo dici tu o glielo dico io?» rispose Maria.

Vincenzo fece un respiro profondo. Poi il suo viso si irrigidì, come la notte in cui era stato al casolare per conoscere la figlia, ma questa volta non c'era traccia di dolore. Si avvicinò a Margherita e le cinse le spalle con un braccio.

«È solo una serva», disse.

Maria aprì la bocca ma, proprio come nei suoi incubi, non uscì fuori nemmeno una parola. Dalla sala accanto arrivavano sempre più forti i canti stonati degli invitati, segno che il vino aveva fatto effetto. Vincenzo si avviò verso l'ingresso del salone senza staccare il braccio dalla schiena della ragazza.

«Ti sei fatta molto male?» le chiese sottovoce, e la ragazza fece di no con la testa.

«Andiamo allora, che la festa non è finita.»

I due oltrepassarono la soglia della sala da pranzo senza voltarsi, mentre Maria sembrava avvolta da una corda invisibile che le impediva di muoversi. La ferocia di quelle ultime parole l'aveva fatta sprofondare ancora più in basso, in un enorme buio dal quale non riusciva più a risalire. Sentì alcune gocce bagnare la gonna bordeaux che aveva indossato per la festa e si sforzò di alzare il braccio – pesante quanto un macigno – per asciugarsi il viso coperto di lacrime con la manica della camicia. Uscì a passi lenti dalla sala, come se fosse stata lei ad aver subito lo strattone, e le tempie iniziarono a pulsare tanto da annebbiarle la vista. Desiderava solo stendersi a letto e dormire per sempre; l'idea di rimanere in quella casa era insopportabile.

Invece che tornare al casolare si asciugò di nuovo gli occhi e deviò verso la cucina, in cerca della madre. La trovò in mezzo al corridoio, intenta a sistemare le lenzuola in una cassettiera di legno intarsiato. Anche la donna sembrava molto stanca, e quando si accorse di avere la figlia accanto le chiese aiuto con tono distratto.

«Aiutami a piegare questo, che è l'ultimo. Tra poco vanno via tutti.»

La madre le tese i due angoli del lenzuolo color panna e Maria li afferrò senza dire nulla. Arretrarono entrambe fino a tendere il tessuto a mezz'aria, e iniziarono a piegarlo in due, congiungendo le mani in direzione degli angoli.

«Me ne vado», disse a un tratto Maria.

La donna, a quelle parole, alzò lo sguardo.

«E non torno più.»

Senza dire nulla, la madre fece un cenno con la testa alla ragazza, ordinandole di girare il tessuto parallelo al terreno e ripetere l'operazione.

«Hai sentito?» disse.

La donna si fermò e abbassò le braccia, senza smettere di reggere il lenzuolo.

«Non dire fesserie.»

«Sono serissima», disse Maria secca. «Non saremmo mai dovuti venire qui.»

La madre fece un lungo sospiro e guardò per terra. Maria avvicinò di nuovo le mani per piegare il tessuto, fissando la madre per costringerla a rispondere.

«Non possiamo andare via. Questa gente ci dà da mangiare.»

«Voi dovete restare infatti, ma io me ne vado.»

«E a tua figlia non ci pensi?»

«Quella non è figlia mia. Io l'ho solo fatta nascere.»

Alla madre cadde un lembo del lenzuolo da una mano. Abbassò lo sguardo per riprenderlo e poi allungò di nuovo le mani, tendendone i lati; Maria la fissava in silenzio.

«Rimarrete qui e la crescerete voi. Così lui si sentirà in colpa, ogni volta che la guarderà. Se lo merita.»

La ragazza, animata dalle proprie parole, riprese a piegare. Adesso era lei a fare un cenno alla madre perché facesse presto, ma la donna sembrava assente, incapace di rincorrere la mente della figlia. Le due ripiegarono il tessuto ancora una volta, poi avanzarono l'una verso l'altra a piccoli passi lungo il corridoio.

«E dove te ne vai?» chiese la madre.

«Ovunque, tranne che qui. Se hai qualche soldo da prestarmi mi fai un favore, altrimenti chiederò l'elemosina.»

«*Tocca*, vai a dormire, domani ne riparliamo», rispose la madre, stizzita, ripiegandosi il lenzuolo sul petto.

«Non puoi più dirmi che cosa fare», rispose la ragazza irremovibile.

«Mari', senti a me. Adesso ti sembra tutto grave, ma vedrai che si supera. Non fare stupidaggini.»

La donna si sforzava di mantenere un tono pacato, mentre la sua mano spingeva con forza il tessuto dentro il cassetto.

«Lo devi piegare ancora, se no non ci entra», le disse Maria.

Le mani della madre mollarono la presa.

«Si sposeranno, vero?»

La donna alzò gli occhi verso la figlia ma quelli si richiusero di scatto, come se davanti a lei fosse apparso dal nulla un sole accecante.

«Rispondimi.»

La madre annuì senza guardarla.

«Quando?» chiese Maria alla madre.

Lei esitò. Una bugia non avrebbe retto a lungo, ma la verità avrebbe convinto definitivamente la figlia a partire.

«Quest'autunno.»

Il viso di Maria avvampò di nuovo per la rabbia.

«Sei troppo testarda. Te l'avevo detto che era meglio startene al tuo posto, per evitare guai.»

La madre le allungò una mano sulla spalla ma Maria arretrò rabbiosa.

«Vi odierò per sempre», disse sottovoce.

Poi si voltò di scatto, si sollevò un lembo della gonna con la mano e oltrepassò la madre per uscire di casa, lasciando che i suoi richiami si confondessero con i canti stonati degli ubriachi in salone.

Raccolse alcuni oggetti, un po' di cibo e scappò di casa cercando di passare inosservata. Si avvolse uno scialle scuro sulle spalle e tenne lo sguardo basso, nel tentativo di mischiarsi alle altre sagome nere di vedove e anziane di ritorno dalla festa. Qualcuno si sporse dalla finestra per ammirare la luna piena di quella notte silenziosa ma nessuno le fece caso. La ragazza girò l'angolo della strada che portava alla chiesa, e una volta raggiunta si guardò intorno prudente; in giro non c'era anima viva. Raggiunse il bivio del cimitero e decise di imboccare la strada che invece di portare alla cascata saliva verso il bosco. Dai racconti della madre, infatti, ricordava che poco fuori dal paese la parrocchia aveva fatto costruire una piccola baracca, per accogliere viandanti e pastori di ritorno dai campi. I lavori non erano ancora terminati e il rifugio era rimasto disabitato, così Maria decise che si sarebbe fermata lì almeno per quella notte. Sapeva che l'avrebbero cercata, ma ribolliva di rabbia a tal punto che per la prima volta in vita sua pregava di non essere trovata.

Il fresco era sopportabile, ma folate umide iniziarono a filtrare dalle travi in legno della baracca in mezzo agli olivastri non appena la luna sovrastò la radura. Maria riuscì ad arrangiarsi un letto per terra; poi recuperò un po' di pane dalla borsa che aveva riempito prima di andare via e si sedette a mangiare. Era a digiuno dalla mattina, perciò decise di mandare giù qualche boccone anche se non aveva fame per evitare i crampi. Si addormentò solo quando cessarono i singhiozzi e la mattina dopo si svegliò assetata prima ancora che spuntasse l'alba. Lasciò la baracca e la radura mentre la luce fioca del sole rimbalzava sulle fronde degli alberi proiettando strane ombre oblique sul terreno. Si diresse a nord seguendo il rumore lontano del ruscello, pronto a ricongiungersi al fiume maggiore, e camminava pensando a sua madre, a Vincenzo e ai Collu – che l'avevano evitata senza scrupoli e trattata come un fantasma di cui si avverte la presenza ma che è meglio non incontrare mai di persona. Sfamata da qualche mela matura e dissetata dall'acqua fresca del ruscello vicino, Maria decise di non fermarsi fino a che il tempo fosse stato favorevole e le sue gambe in grado di reggere il passo.

Non aveva mai visto quella parte dell'isola, ma tutti i sentieri battuti tra le insenature delle colline le sembravano simili. A un tratto le venne il timore che in realtà il suo fosse solo un giro in tondo tra i campi color giallo sbiadito, ma poi decise di proseguire verso nord fidandosi dell'istinto. Aveva già superato l'ennesima vallata quando il sole si fece più forte e la vegetazione più fitta, costringendola a inerpicarsi tra i rami a ogni dislivello per non scivolare. Superato quel tratto scosceso imboccò l'apertura di una gola, circondata da massi rossastri ed eucalipti; parecchi metri più in alto, il gracchiare leggero e calmo delle aquile le suggeriva che ormai anche il resto del paese, proprio come quei volatili, ignorava dove fosse finita.

Dopo qualche altro miglio si ricongiunse al fiume, più mosso del solito in quel tratto; decise di superarlo camminandoci attraverso nonostante l'acqua le arrivasse al petto. Il resto del tragitto fu meno faticoso: il fiume scorreva dritto alla sua destra, indicandole la strada. Risalì di nuovo il pendio della collina e raggiunse un altipiano dal quale si scorgeva un nuraghe in lontananza in direzione est, prima traccia di una costruzione umana dopo ventiquattro ore passate tra la natura incontaminata. Dalla parte opposta, ma meno distanti, la ragazza notò i filari verdi e ordinati di alcune vigne e qualche abitazione. Per raggiungerle era necessario ridiscendere il pendio, dove il terreno si faceva ancora una volta irregolare; così si addentrò di nuovo nella boscaglia e finì di fronte all'entrata stretta di un'enorme grotta buia.

La temperatura era scesa ancora e l'unica cosa che misurasse il passare delle ore erano le sue caviglie, gonfie e doloranti sotto la gonna scura. Maria si sentì a un tratto così stanca e senza forze che allungò una mano sulla parete di roccia prima di lasciarsi andare a un pianto disperato – lo stesso di chi sa di aver smarrito sé stesso oltre che la strada. Fu in quel momento che scorse il viso paffuto e sereno della figlia in mezzo al buio. Nell'istante in cui le aveva sfiorato la fronte con un bacio, prima di andare via, si era convinta di aver fatto la scelta giusta; la bambina avrebbe avuto una vita più sicura e felice senza mai sapere la verità.

All'improvviso, la luce flebile di una fiamma comparì in lontananza, e due mani tese davanti al fuoco si sollevarono piano, facendole cenno di avvicinarsi. Maria fissò la sagoma che la chiamava e alla fine, nonostante la stanchezza, si alzò. Raggiunse l'uomo anziano che sedeva dietro un piccolo falò: aveva i capelli grigi – lunghi e arruffati come la barba che gli incorniciava la bocca larga e sdentata – e dal suo viso grinzoso sporgeva un lungo naso con la punta all'ingiù. Indossava una giacca di lana di pecora senza maniche e stivali neri che l'umidità aveva reso scuri alla base, costringendolo ad andare su e giù con i talloni per evitare che il freddo gli arrivasse alle gambe. Maria pensò che doveva aver guadato anche lui il fiume, qualche chilometro prima.

A un tratto sentì un belare lontano e lieve nei dintorni, e capì che l'uomo doveva essere un pastore in trasferta; le loro transumanze compivano traiettorie inverse. In fin dei conti, lei aveva scelto di andarsene spinta dalle circostanze. Ma quest'uomo? E Vincenzo? E tutti gli abitanti di quell'isola? Avevano scelto, tutti loro, di girare in tondo per ingannare la morte? O erano stati costretti ad accettarla così com'era, quella vita, perché semplicemente non c'erano alternative?

«*E tui chini ses?*» chiese l'anziano, tirando fuori dalla tasca della giacca il manico in corno bianco di una leppa. Lo affilò su una roccia appuntita al suo fianco e tagliò una fetta dal formaggio che teneva in mano.

«Maria. Vengo da un paese a un giorno di cammino da qui, ma mi sono persa.»

L'uomo, senza smettere di fissarla, tagliò una seconda fetta di formaggio e la porse alla ragazza su un panno bianco.

«E perché sei scappata?»

«Non sono scappata», rispose Maria titubante. L'uomo

inspirò allargando le narici e passandosi la lingua sulla bocca screpolata, sporca di vino.

«Hai fame?» chiese, abbassando lo sguardo sul formaggio.

Maria annuì piano. Fece un passo verso il fuoco e addentò il formaggio, sforzandosi di non finirlo in un unico boccone. Poi si sedette e guardò il vecchio, che aveva tirato fuori una borraccia in pelle e fatto saltare via il tappo con uno schiocco.

«Mandalo giù con questo, se no ti va di traverso.»

Maria, dopo vari sorsi di vino rosso e fette di pane e formaggio, sentì finalmente la pancia piena e il suo corpo esile di nuovo in forze.

«Quanti anni hai?» chiese l'uomo.

«Diciassette», rispose Maria.

La bocca del pastore si aprì appena, e i suoi occhi sembrarono farsi più grandi per scrutarla in mezzo al buio.

«Non abbastanza per andartene in giro da sola.»

La ragazza non rispose ma prese a fissarsi le mani, intrecciate strette sopra la gonna.

«Hai freddo?» chiese lui, notando che quella dondolava le gambe.

«Non troppo», mentì.

L'uomo fece un cenno verso il falò e continuò a fissarla, costringendola ad avvicinarsi con aria impaurita.

«Anche mia figlia aveva la tua età», disse.

«Davvero?» rispose Maria incuriosita.

«E anche a lei piaceva andarsene in giro da sola, la notte.»

Maria non osava parlare, e l'uomo continuò a tagliare fette di pane e formaggio senza alzare gli occhi.

«Alla fine l'ha uccisa la malattia, invece della testardaggine.»

Maria sentì i pensieri che aveva in testa farsi sempre più leggeri.

«Venite spesso qui?» gli chiese.

L'uomo annuì. «Ma questa è l'ultima», disse poi in un sussurro, piegandosi all'indietro con uno sbadiglio.

Maria lo imitò senza volerlo, mentre lo strisciare veloce di qualche animale tra i cespugli si univa allo scoppiettio leggero delle fiamme, che cambiavano forma a ogni folata di vento. Per la prima volta da che aveva lasciato casa Collu, sentì il respiro di nuovo regolare; almeno non aveva più paura.

«Ci vengo sperando di trovare qualche tesoro», disse il pastore. «Conosci la leggenda dei tre fratelli, sì?»

Maria guardò l'uomo dubbiosa e scosse la testa. Lui sgranò gli occhi dalla sorpresa e la punta del naso sembrò scattare di colpo all'insù; poi si sfregò le mani davanti al fuoco – un po' per scaldarsi, un po' per l'impazienza di raccontare.

«Dicono che è successa una cosa strana da queste parti», sussurrò a voce bassa. Maria aggrottò la fronte e, senza accorgersene, si tese in avanti. «Un giorno tre fratelli, esausti dopo aver raccolto olive tutto il giorno, si misero a riposare, proprio qui dove siamo noi. Mentre mangiavano e discutevano tra loro, da quella fessura lì in fondo entrarono tre donne.»

L'uomo puntò l'indice verso un'entrata stretta tra le pareti rocciose, la stessa dalla quale era passata Maria.

«I giovani le invitarono a cenare insieme; erano orfani e poveri, lavoravano dalla mattina alla sera riuscendo a malapena a tirare avanti. Volevano tentare la fortuna, ovviamente, ma non sapevano come. Allora le donne, che in realtà erano tre *orgianas* – le vecchie sacerdotesse di questa zona – si guardarono tra loro e iniziarono a intonare una strana formula a bassa voce, simile a un miagolio. La più vecchia delle tre tirò fuori un lungo telo dalla tasca del vestito e lo porse al maggiore dei fratelli, dicendo: "Prendi questo. Ogni volta che vorrete mangiare, tu, i tuoi fratelli e qualunque altro ospite, non dovrai che sbattere per tre volte questa tovaglia e stenderla dove preferisci. Su di essa comparirà ogni ben di Dio".»

Il pastore accompagnava il racconto con un gesticolare concitato che, in mezzo a quel nulla, caricava ogni dettaglio di più inquietudine: la luce del fuoco proiettava la sua sagoma scura sulla parete di roccia in un'ombra informe, rendendolo più simile a un essere mitologico che a un uomo.

«La seconda donna si rivolse all'altro fratello e gli offrì un portadenari in pelle di cervo, dicendo: "Tu prendi questo. Ogni volta che lo aprirai ci troverai dentro denaro a volontà". La terza *orgiana* invece, si avvicinò al fratello più piccolo e gli porse le *launeddas* – uno strumento a tre canne, simile a un piffero – dicendo: "Questo regalo non servirà solo a te, ma a chiunque lo suonerà e ne ascolterà le melodie. Va' ora, non ho niente di meglio da offrirti. Ma vedrai che questo dono ti tornerà più utile di quanto faranno la tovaglia e il portadenari per i tuoi fratelli".

«Detto ciò, le donne li ringraziarono e se ne andarono via. I tre, ormai ricchi, smisero di lavorare e iniziarono a vagare per l'isola in cerca di avventure e di piaceri; approfittavano di ogni incontro per regalare cibo e denaro a chiunque. Un giorno – venuto a conoscenza della loro fortuna immeritata – il prete del paese in cui si erano fermati gli disse di rinunciare a quei tesori, se non volevano rischiare la scomunica e il carcere, ma i tre ignorarono le minacce. Pochi giorni dopo, però, il sacerdote li sorprese a mentire: dicevano di avere dei poteri magici sin dalla nascita, per farsi adorare dalle folle come degli dei, così l'uomo li fece arrestare e gettare in fondo a una torre, prima di condannarli a morte per impiccagione davanti a tutto il paese.»

Maria a quel punto si portò una mano alla bocca e arretrò d'istinto dal bordo della pietra, rischiando di cadere all'indietro. L'uomo trattenne una risata e non si mosse; la ragazza recuperò l'equilibrio e lui continuò.

«Qualche giorno dopo, mentre le guardie li portavano alla forca, ai tre fu concesso di esprimere un ultimo desiderio prima di morire. Il fratello maggiore chiese di poter offrire del cibo a tutti i presenti e la folla esultò all'idea di quell'ultimo regalo. Non appena stese la tovaglia invisibile sul palco, ogni sorta di frutta, cibi e vini squisiti comparve su quella mensa improvvisata. La gente mangiò e bevette fino a stare male; ma più ne consumavano, più ben di Dio appariva sulla tovaglia. Quando tutti furono sazi il secondo fratello chiese di poter regalare qualcosa di ancora più prezioso, e figurati se qualcuno disse di no! Così quello, aperto il portadenari, distribuì monete d'oro a tutti i presenti. Soldati, contadini e poveri pastori, che mai avevano visto tanti soldi insieme, si lasciarono andare a lunghe grida di gioia.»

L'anziano si bloccò dietro le fiamme, e il suo sguardo si fece improvvisamente serio. «Tu, vedendo tutta quella ricchezza, non faresti lo stesso?»

La ragazza annuì d'istinto.

«Eppure molti», continuò il pastore rigirandosi la leppa tra le dita, «molti che si credono onesti, preferiscono mentire. Disprezzano il denaro ma continuano a inseguirlo, per tutta la vita», disse grattandosi il naso con l'indice. «Che alla fine è meglio farsi amici anche a casa del diavolo.»

Maria aprì la bocca ma il vecchio la interruppe per riprendere il racconto.

«Comunque, ora viene il bello. Il fratello più piccolo chiese di poter suonare un'ultima canzone con le sue *launeddas*, prima di morire. All'idea di un terzo regalo guardie, giudici e folla accordarono anche quella grazia. Così il giovane andò al centro del palco e iniziò a suonare; prima piano, poi sempre più forte, tanto che la musica diventò assordante e invase i corpi della gente come la scossa di un fulmine, facendoli muovere contro il loro volere. Persino il prete grasso che li aveva condannati ed era sceso in piazza per assistere all'uccisione, ora si contorceva tutto chiedendo pietà al terzo fratello con il volto paonazzo. Il ragazzo non smise di suonare, e tutti quei disgraziati iniziarono ad ammassarsi gli uni sugli altri spingendosi, calpestandosi e cadendo a terra svenuti; a un povero diavolo gli si fermò addirittura il cuore dallo sfinimento. A quel punto i tre, approfittando della confusione, scapparono via dal paese portandosi dietro i tesori. E da allora, nessuno li ha mai più visti.»

La ragazza non si mosse, ma le sembrò di sentire ancora l'odore del vino rosso e si accorse di avere la nausea.

«Ad averli io, dei tesori così», concluse il pastore con una risata, «mica mi facevo scoprire.»

Poi tirò fuori una coperta di lana dalla bisaccia in pelle che teneva ai piedi.

«*Tocca*», disse alla ragazza, allungando una mano con aria stanca, «stenditi qui, si è fatto tardi.»

La notte fu lunga, ma a Maria sembrò di chiudere gli occhi solo per pochi minuti. Riuscì a riposare anche con il pavimento irregolare della grotta e gli ululati di qualche animale nei dintorni. Il fumo, che le aveva invaso le narici la sera prima, si era ormai dissolto nell'aria mattutina lasciando un mucchio di braci spente a far compagnia alle rocce. La ragazza si stropicciò gli occhi e vide che il pastore era già sveglio; anche lui aveva dormito poco, ma sembrava meno stanco. Mangiarono un po' di pane avanzato e bevettero del latte di pecora per colazione. Quando furono sul punto di ripartire la ragazza si fermò, indecisa su cosa fare.

«Non so da dove vieni, né dove vuoi andare», disse a un tratto l'uomo, interrompendo i suoi pensieri. «Ma sono sicuro che qualcuno a casa è preoccupato per te.»

Maria non rispose. La attraversò il pensiero assurdo che quell'incontro non fosse casuale, che qualcuno o qualcosa le stesse parlando attraverso le parole di uno sconosciuto. Ma la sua mente era ancora annebbiata e le sue forze allo stremo; di quell'intuizione, in fondo, non sapeva che farsene. L'uomo si chinò per raccogliere da terra la bisaccia e infilarla attorno al busto, prima di voltarsi verso Maria.

«*Non è ancora nato, chi nella vita non ha mai sbagliato*», concluse, prima di allargare la bocca in uno sbadiglio.

«Comunque», aggiunse poi, «se c'è minestra per due, ce n'è anche per tre. A mia moglie non dispiacerà aggiungere un piatto a tavola. Ma forse è meglio se torni a casa.»

Piegò la testa verso l'alto e unì l'indice e il pollice in un cerchio, poi li mise sotto la lingua e fischiò forte. Il rumore sembrò disperdersi nell'aria per qualche secondo, finché in lontananza Maria non udì per la seconda volta il belare composto del gregge, riunito dal richiamo del padrone. L'uomo avanzò a passo lento e sparì dietro le pareti di roccia; la ragazza si infilò le scarpe ancora umide, stirò la gonna stropicciata con le mani e lo seguì fuori dalla grotta – accettando quella guida silenziosa nella speranza che fosse il cammino a recidere i suoi pensieri e riordinarli in file parallele, come i filari dei vigneti in cima all'altipiano.

# 6.

Maria seguì il pastore fino a un paesino montano circondato da rocce basaltiche, campi di papaveri e stradine ripide che puntavano a nord, mentre la cima più alta del monte compariva al di là delle colline, poco distante. La ragazza riuscì a non rivelare mai da dove venisse di preciso ma si offrì di aiutare il sacerdote della parrocchia nelle faccende domestiche, e l'uomo accettò di buon grado, non potendo pagare qualcuno per il disturbo.

Per i primi mesi non fu facile tirare avanti: stare agli orari del prete non le permetteva grandi libertà, ma Maria aveva rischiato tanto in quel viaggio verso il nulla e imparò suo malgrado a essere grata di ogni piccolo traguardo. A lavorare senza sosta era stata abituata sin da bambina, e ora trovava confortante finire la giornata con la certezza di possedere due cose: un letto comodo e un pasto caldo, che preparava con i prodotti di un piccolo orticello coltivato nel retro della chiesa. Il parroco fu l'unico al quale Maria confessò ogni cosa, in una lunga notte di pioggia. Ripercorse a fatica le sue disavventure a Lolai e, nonostante la voce interrotta dai singhiozzi, il prete la lasciò finire senza fare commenti. Poi sparì dietro la porta della cucina; quando riapparve, teneva in mano una Bibbia rilegata in pelle. Fissò la ragazza e poi iniziò a leggere.

«*A un altro disse: "Seguimi". E costui rispose: "Signore, permettimi di andare prima a seppellire mio padre". Gli replicò: "Lascia che i morti seppelliscano i loro morti; tu invece va' e an-*

*nuncia il regno di Dio". Un altro disse: "Ti seguirò, Signore; prima però lascia che io mi congedi da quelli di casa mia". Ma Gesù gli rispose: "Nessuno che mette mano all'aratro e poi si volge indietro è adatto per il regno di Dio".*»

Maria guardò il parroco con aria smarrita. L'uomo chiuse il libro e le poggiò una mano sulla testa con un sorriso.

«Percorriamo tutti strade diverse, ma ognuna di esse racconta chi siamo. La tua ti ha portato qui, e ogni passo non è mai vano», disse, tendendo il braccio in avanti. «Questa te la lascio in prestito.»

«Non so leggere», rispose Maria imbarazzata.

«Imparerai.»

Si diedero la buonanotte e Maria tornò in camera sua, stringendo la Bibbia tra le mani. Giorno dopo giorno, lezione dopo lezione, imparava alcuni passi a memoria e faceva pratica con l'alfabeto per riuscire a trascriverli. Passava le notti a sfogliare quelle pagine ingiallite e ripassare con la mente storie che raccontavano peccato, castigo e perdono in maniera nuova, sconosciuta; chiudeva gli occhi solo quando la luce fioca della candela sul comodino finiva per disegnare sagome nere sulla carta sgualcita, costringendola a rinviare la lettura al giorno seguente.

Ripensava spesso ai genitori, a Teresa e a Vincenzo, ma pian piano la rabbia si era trasformata in un misto di pietà e rassegnazione, verso di loro ma ancor più verso sé stessa. Ogni tanto, senza riuscire a controllarli, stralci del passato tornavano a tormentarla in sogno, evaporando con la luce del giorno come una colonna di fumo da un comignolo acceso. Passava spesso i pranzi domenicali a casa del pastore e di sua moglie – che il primo giorno, vedendola arrivare appresso al marito con la stessa faccia stravolta di un ladro in fuga, aveva esitato prima di accoglierla in casa. Ogni tanto Maria si chiedeva se quella nuova condizione fosse davvero una libertà che si era guadagnata o una vita ideale con cui ingannava sé stessa, per non ammettere di aver evitato il confronto con le responsabilità. Più tempo passava in quel nuovo paese circondato dalle montagne, più la stretta se la sentiva addosso, e con essa l'offerta che il pastore le aveva fatto all'entrata della grotta.

Una domenica pomeriggio, dopo aver consumato il pranzo a casa di una delle parrocchiane, Maria si offrì di mettere a bollire l'acqua per il caffè. Mentre fissava il fuoco, china sul camino, le donne chiacchieravano con aria preoccupata attorno al tavolo.

«Vi dico di sì», accennò la più anziana del gruppo, agitando le braccia per aria. «Il figlio di *tzia* Mena è scomparso già da qualche settimana e lei l'ha cercato ovunque, ormai dev'essere morto. Lei è distrutta, poverina, piange senza riuscire a fermarsi.»

«Era piccolo?» chiese una.

«Cinque anni appena, povera anima.»

«*Gesù Cristu miu*», sentenziò un'altra, coprendosi la fronte in segno di sconforto.

«Nemmeno il corpo le hanno lasciato. Sparito come quello di Ignazino Agus. Se li è tutti portati via *cussa Abbranca* maledetta.»

Le altre donne trattennero il respiro per un attimo al sentire quel nome. Maria, non capendo a chi si riferissero, si voltò incuriosita.

«Maria *Abbranca,* proprio come te si chiama», disse la più giovane, inarcando le sopracciglia come un'insegnante che sente la risposta sbagliata a una domanda facile.

«È la custode della grande sorgente, a parecchi giorni di cammino da qui. Era bella e ricca, esperta di filatura e promessa in sposa a un giovane ricco, che però l'ha abbandonata la notte prima delle nozze. Per la disperazione scappò dal paese e andò a vivere nella grotta dietro la sorgente. Spunta fuori solo quando sente le voci dei bambini che chiedono di essere guariti.»

«Il figlio di *tzia* Mena era cieco dalla nascita infatti», aggiunse la più anziana. «Anche a lei avevano detto che quel posto era magico, bastava solo immergerci il bambino.»

«A me *tziu* Frantziscu aveva sempre detto di stare alla larga da quella zona. Pensate che un suo amico, da piccolo, aveva addirittura visto la strega in faccia! Senza denti, gobba a furia di vivere nelle caverne, con i capelli grigi e arruffati *cummenti una bruja*», fece un'altra.

Maria ascoltava quei racconti incredula; le donne discutevano di leggende così assurde con aria seria, ingenue come gli invitati ubriachi ai matrimoni che pensano di parlare piano senza accorgersi di strillare.

«Dicono che promette regali ai bambini, e ovviamente quelle anime innocenti ci cascano», disse la più giovane, incurvando la bocca con aria triste. «Non appena allungano la mano per farsi tirar fuori dall'acqua, quella li prende con un uncino e li fa sparire dentro la grotta.»

Maria si coprì la bocca con una mano per soffocare la risata, ma non riuscì a trattenere uno strano mugugno che le venne fuori più forte del previsto.

«Che ridi a fare, sciocca? Non ci credi?» disse un'altra.

«Mi sembrano tutte stupidaggini», disse la ragazza, voltandosi di nuovo verso il fuoco.

«E allora perché i corpi dei bambini non si trovano?» chiese la più giovane, con aria infastidita.

«Si saranno persi nel bosco. Anche io venendo qui rischiavo di sparire nel nulla», rispose la ragazza tornando seria.

«Si vede che il Signore ti ha fatto la grazia, che colpe da espiare ne avevi di sicuro», sentenziò l'altra.

Maria si voltò di scatto ma non disse nulla, mentre quella continuava a fissarla arricciando le labbra con superiorità.

«Le sventure capitano per caso solo agli innocenti. Gli altri se le devono meritare.»

Maria aprì la bocca per rispondere ma la più anziana la interruppe con un gesto della mano, alzandosi dalla sedia per evitare che la situazione diventasse più seria del dovuto.

«*Accabbadda*, che oggi è il giorno del Signore», disse colpendo piano la gamba dell'amica per distrarla. «Beviamoci su, che si è fatto tardi.»

Maria versò il caffè nelle tazzine vuote senza dire nulla, mentre le altre rimasero a scambiarsi occhiate complici da una parte all'altra del tavolo. La ragazza bevve controvoglia e le salutò cercando di rimanere cordiale, ma sentiva un fastidio quasi dimenticato risalirle in gola come fa un getto d'acqua in un rubinetto difettoso.

Quella notte non riuscì a prendere sonno, agitata al pensiero di aver davvero meritato tutto ciò di cui aveva sempre creduto essere vittima. Riconobbe i sintomi dolorosi di una malattia che con il tempo aveva assunto la forma del rimorso: ogni buona ragione che si era raccontata non bastava a giustificare l'abbandono di sua figlia. Accese la candela sul comodino con un fiammifero, e subito un bagliore color ocra comparve accanto al letto, illuminando debolmente la stanza. Maria aprì la Bibbia accanto al piattino di metallo in cui la cera si era solidificata in piccole gocce compatte, e lesse la scritta *Giona, capitolo 2* nell'intestazione della pagina aperta.

La ragazza lesse a lungo prima di riporre il libro sul comodino; poi rimase immobile sul cotone ruvido delle coperte, in attesa che la grande balena dei suoi pensieri la risputasse fuori come aveva fatto con il profeta. Erano passati quasi due anni, e al solo pensiero di cosa avrebbe trovato tornando a Lolai le mancava il fiato. Forse per la sua età ormai irrimediabilmente adulta, forse per le insinuazioni di quella donna che l'aveva ritenuta colpevole senza conoscerla, o forse addirittura a causa della propria coscienza – che mai con tanta forza le aveva suggerito di guardarsi indietro – si rese conto che quella fuga aveva ormai perduto le sembianze dell'esigenza.

La mattina seguente avvisò il parroco della decisione, ma l'uomo non sembrò colpito. Le disse che il prestito era finito, e quella Bibbia era il suo regalo per il rientro.

«Distinguere le menzogne dalla verità è sempre stato il più arduo dei compiti, per tutti. Ma Dio parla al cuore dell'uomo per mezzo di ispirazioni, che sono molto di più che semplici suggestioni. Sono i pensieri che puntano al bene, e ci rendono liberi. Siamo abituati a seguire gli istinti, a volte addirittura le emozioni, ma c'è qualcosa di ancora più profondo che è in grado di parlarci nel tempo della prova. È proprio lì che il Signore si manifesta, e ci lascia liberi di scegliere da che parte andare. Se una notte entrasse un ladro in casa, perderesti tempo a cercare di capire chi è e come ha fatto a entrare, o penseresti invece a evitare in ogni modo che ti derubi?»

Il parroco alzò le spalle per indicare che la risposta giusta fosse anche quella più ovvia.

«Lo stesso dobbiamo fare coi pensieri, specialmente quelli ispirati dal cuore. Capire quali popolano la nostra mente e fare ordine, un poco per volta», disse, posando una mano sulla testa della ragazza in segno di benedizione.

«Ora va', e vedrai che la preghiera farà il resto.»

Maria lo abbracciò e uscì dal portoncino sul retro senza voltarsi. Diede un'ultima occhiata ai ciuffi verdi delle carote che aveva piantato con le sue mani – uno dei piccoli traguardi raggiunti in quei mesi – e stette per un po' sotto il sole a occhi chiusi, prima di partire. Fece una breve sosta anche a casa del pastore ma vi trovò solo la moglie, intenta a preparare il sugo. Maria la abbracciò forte, sperando che la sua profonda gratitudine arrivasse anche all'uomo che l'aveva salvata. La donna le diede qualche provvista per il viaggio e si salutarono poco prima di mezzogiorno.

Il viaggio del rientro fu decisamente meno faticoso dell'andata, un po' perché la ragazza aveva allenato il suo senso dell'orientamento, un po' perché evitò di proposito la strada che dal bosco l'aveva condotta alla grotta. Seguì il letto del fiume a ritroso – ingrossato a causa delle recenti piogge – e ridiscese le colline che lo circondavano verso sud, superando fitti boschi di eucalipti ed enormi campi di margherite gialle. L'impazienza e insieme l'angoscia di scoprire cosa avrebbe trovato al suo rientro le bloccavano il respiro, costringendola a fermarsi per riprendere fiato. I suoi piedi esitavano, mentre i pensieri avanzavano fulminei. Al terzo giorno di cammino intravide la strada che l'avrebbe condotta al bivio del cimitero, risalendo la collina. Il profumo leggero e avvolgente del pane appena sfornato le indicò che era tornata a casa, e invase le sue narici ancora prima che i tetti ramati di Lolai comparissero all'orizzonte. Sentiva ogni passo farsi pesante e la strada vibrare leggermente sotto i piedi, come se a calpestare i ciottoli grigi di quei vicoli stretti non fosse solo lei, ma un intero reggimento pronto alla guerra. Si sentiva proprio così, impreparata a fronteggiare una battaglia imminente nella cui tregua si era persa volentieri, sperando di dimenticare il motivo della lotta.

Tornò con il pensiero allo sguardo sprezzante che Vincenzo le aveva rivolto il giorno della festa, lo stesso di un bambino che butta via il suo giocattolo preferito. Non riusciva a capire come fosse stato tanto facile, per lui, rimpiazzarla; accettare di averlo perso per sempre era stato peggio che decidere di scappare. Il suo rapporto con Teresa non era mai iniziato, e da quel terreno incolto poteva ancora fiorire qualcosa di buono; ma l'amore tradito era un boccone ben più difficile da digerire. I pochi passanti che incontrò di sfuggita lungo la strada non riuscirono a nascondere la sorpresa, e dai loro sguardi perplessi Maria capì che era cambiata più del previsto. Aveva le mani screpolate, due occhiaie scure sotto gli occhi gonfi per il sonno e i capelli arruffati dall'umidità. Sembrava quasi vecchia, di ritorno dall'ultima delle mille vite che l'avevano travolta. Raggiunse casa Collu e rimase lì, di fronte a pareti in pietra che, al contrario di lei, non erano cambiate affatto. Con la testa improvvisamente svuotata allungò una mano verso il cancelletto in legno, ma prima di riuscire a toccarlo vide Margherita comparire in lontananza.

Anche lei era cresciuta: la palpebra difettosa era ancora al suo posto ma i lineamenti tondi di bambina avevano lasciato il posto a un seno prosperoso, due zigomi marcati e il mento allungato di una donna. Maria la seguì con lo sguardo lungo il cortile, e per un attimo fece fatica a notarlo per via del vestito di lino scuro che le copriva la pancia simile a un camicione da notte: Margherita era incinta. Si muoveva con leggerezza e Maria fu quasi tentata di avvicinarsi. Poi un richiamo confuso arrivò da dentro la casa e la ragazza si portò all'improvviso le mani alla pancia, prima di voltarsi e tornare da dove era venuta. Maria sentì la fronte calda e sudata, la stessa sensazione che precede l'arrivo della febbre, ma rimase immobile. Alzò lo sguardo verso le finestre del primo piano e vide, immobile come una statua e con il viso in ombra dietro una tenda bianca, la signora Collu. Teneva gli occhi stretti in una fessura, come per metterla a fuoco e avere la conferma che non fosse un'apparizione. Quando i loro occhi si incrociarono, la donna si girò di scatto e chiamò qualcuno prima di sparire dietro la parete.

Maria prese coraggio e avanzò lentamente verso il casolare. Superate le stalle, il verde del giardino iniziò a farsi più scuro e i fili dell'erba tanto alti da pizzicarle le caviglie infreddolite. A pochi passi dall'ingresso della casa in cui aveva vissuto, vide il viso allegro di una bambina dai capelli neri e gli occhi color miele. Articolava suoni senza senso e raccoglieva una coccinella dalla punta di uno stelo; nel vederla così grande, gli occhi di Maria iniziarono a bruciare. Non era rimasto quasi nulla della neonata dormigliona che aveva messo al mondo; proprio come aveva fatto con lei, il tempo aveva reso anche sua figlia irriconoscibile.

Teresa sembrò non accorgersi di lei e continuò a giocare in mezzo all'erba con aria divertita, ma dall'ingresso del casolare Maria vide uscire all'improvviso sua madre. Chiamava la nipote con aria stanca, e non appena la vide le sue gambe cedettero facendola cadere in avanti; la ragazza le corse incontro e la donna le si aggrappò a un braccio con forza.

«Dove sei stata, disgraziata?» chiese con un filo di voce.

Teresa, distratta da quel movimento, si voltò all'improvviso. Corse incontro alla donna e si nascose dietro il suo vestito lungo, intimorita da quell'ospite sconosciuta.

«E babbo dov'è?» chiese Maria.

La madre abbassò lo sguardo senza rispondere.

«Non puoi stare qui», disse la donna all'improvviso. «Vincenzo ha sposato Margherita e ora aspettano un bambino. Teresa la trattano bene, non le manca niente, ma se ti vedono qui sono guai.»

La ragazza fissò la madre incredula.

«Sono tornata per lei», rispose indicando Teresa, ma la bambina teneva lo sguardo in direzione del prato.

All'improvviso, un rumore alle loro spalle la fece voltare, e Maria vide un'ombra avanzare verso di loro. Era un uomo alto e robusto, con un lungo ciuffo nero sugli occhi, la barba folta e due mani gonfie. Nonostante Maria non lo conoscesse, l'uomo sembrava sapere bene chi fosse lei. La madre, al vederlo, prese Teresa in braccio e arretrò verso il casolare. L'uomo, ignorando le altre due, stritolò il braccio esile di Maria con la mano stretta in un pugno.

«Cosa ci fai qui?» disse, spingendola all'indietro.

«Non ho fatto nie...»

«Devi andare via, e se non lo fai da sola ti ci butto io a calci.»

Maria non si mosse e l'uomo la fece cadere per terra con una spinta. Sentì un bruciore sui palmi, graffiati nel tentativo di evitare i sassi, mentre l'uomo continuava a fissarla con sguardo minaccioso.

«E dove vado?» chiese lei, terrorizzata. «Sono tornata

per Teresa. Non darò fastidio a nessuno. Potete dire a Vincenzo che...»

L'uomo, al sentire quel nome, ruotò il braccio all'indietro e colpì il viso della ragazza con uno schiaffo così forte da farla finire di nuovo per terra, a pancia in giù. Maria tremò e gli occhi le si annebbiarono dal dolore; fece qualche passo verso il cancelletto in legno e cadde di nuovo curva sul prato, sperando che sua madre e Teresa non stessero assistendo alla scena da lontano. L'uomo la rimise in piedi con uno strattone e Maria guardò invano verso le finestre della casa, coprendosi la guancia con una mano. L'uomo tirò su col naso e sputò per terra, prima di parlare ancora.

«Vai in chiesa, i disgraziati finiscono tutti lì. Il parroco ti troverà un posto dove stare», disse incurvando le labbra in un ghigno.

Maria sentì la disperazione trasformarsi in un urlo feroce. Gridò con tutta l'aria che aveva nei polmoni, e le lacrime le scivolarono sul mento sporcando di macchie salate i lembi del vestito. L'uomo fece uno scatto improvviso e le tappò la bocca con una mano. Maria sentì il suo odore denso di legna bruciata e sudore sul viso, mentre dai suoi denti serrati filtrava il tanfo pungente e alcolico del mirto. In quell'istante, mentre i loro sguardi si fissavano a meno di qualche centimetro, il ciuffo scuro dei capelli dell'uomo si mosse, rivelando un piccolo neo tra le sopracciglia. Il suo corpo trasandato e violento non aveva conservato nulla di ciò che era stato, a parte quel dettaglio, e nel riconoscerlo a Maria mancò il respiro. Spalancò gli occhi e Vincenzo capì di essere stato riconosciuto; spostò un lato della giacca con la mano libera e scoprì la cintura in pelle nella quale teneva incastrata una leppa.

«Ti sei messa contro le persone sbagliate, hai capito?»

Maria non rispose.

«Hai capito o no?» ripeté.

La ragazza annuì tra le lacrime.

«Questa non è più la tua famiglia, e quella bambina non è più tua figlia. È l'ultima volta che te lo dico. Se ti vedo di nuovo qui ti ammazzo.»

Le tolse la mano dalla bocca, se la pulì sul colletto del vestito e la spinse all'indietro sulla stradina sterrata. La ragazza, accovacciata sul terreno, respirò a fatica mentre Vincenzo spariva oltre gli alberi del giardino. Dopo alcuni minuti interminabili, la ragazza voltò le spalle alla casa e si diresse zoppicante verso la chiesa, convinta che nessuna preghiera l'avrebbe più salvata. Si fissò la carne viva sotto i tagli dei palmi senza sentire dolore; ormai non era in grado di sentire più nulla. Trovò la piazza deserta, il portone d'ingresso serrato. Si diresse alla fontana, allungò le mani tremanti verso il getto d'acqua e si lavò via dalla faccia il residuo ormai asciutto delle lacrime.

Erano passati tanti anni da quel giorno, ma Maria – risalendo il crinale della collina di ritorno dalla passeggiata – ne avvertì il ricordo con dolorosa esattezza. Il caldo si era fatto insopportabile, e la vecchia si fermò di fronte alla chiesa con il mazzetto di asparagi ancora in mano. Unì le mani accartocciate dalle rughe sotto la fontana e fissò quelle cicatrici antiche scolpite sui palmi, finché l'acqua non le sommerse per comporre il riflesso sbiadito della sua faccia stanca. Non riusciva più a vedersi con chiarezza ma, dentro di lei, sapeva.

Negli anni, ai segni di quelle ferite corporee se ne erano aggiunte delle altre, meno visibili ma tanto profonde da logorarle la mente. Aveva vissuto per mesi nel buio di *su cuccuru,* con un pasto al giorno elemosinato dalla parrocchia e la propria voce come unica compagna. Ogni rifiuto, ogni violenza e ogni tradimento subito le si era presentato davanti – ora lucido, ora sbiadito dal tempo – e, nel riviverlo in maniera ossessiva, le sue parole avevano finito per accartocciarsi in frasi sconnesse, rivolte a nient'altro che il proprio riflesso.

Non era più in grado di distinguere la realtà da ciò che la sua memoria si divertiva a manipolare, e quell'alternanza vertiginosa le concedeva come unico sollievo uno sguardo assente, segno di un'implosione inevitabile e dolorosa. Così, la sua presenza tangibile tra le strade luminose di Lolai si trasformava con l'arrivo del buio in un'entità spettrale – che la vecchiaia aveva reso via via più minacciosa e selvaggia, simile a quella di una *bruja*.

Maria bevette un sorso e si bagnò di nuovo le mani, poi le portò gocciolanti sulla testa e si pettinò la nuca grigiastra con gli occhi socchiusi. Sentì qualche ciuffo ribelle scappare dalla presa delle forcine che bloccavano la crocchia, e una forte fitta alla schiena la fece curvare sulla strada come un ramo piegato dal vento. Ripensò alle chiacchiere delle donne davanti al camino, tanti anni prima, e alla leggenda di Maria *Abbranca* – promessa sposa abbandonata, divenuta folle per la rabbia, custode delle acque e presunta ladra di bambini. In fondo, pensò, avevano in comune ben più del nome.

La *bruja* infilò una mano nella tasca del vestito e sfiorò con l'indice la rilegatura in pelle della Bibbia. Poi raccolse da terra gli asparagi e si incamminò in silenzio verso *su cuccuru* – consolata dalla certezza che in ogni leggenda, anche se distillata, c'è sempre una goccia di verità.

# SECONDA PARTE

## ACCOGLIAMO LO STRANIERO

# 7.

Per festeggiare la nuova stagione, i Murru avevano organizzato un pranzo in taverna aperto a tutto il paese, e alla festa si erano uniti anche due stranieri, dirigenti piemontesi di un'impresa che si occupava di deforestazione nell'isola, in visita dal Nord.

Avevano trascorso le mattine successive a perlustrare i boschi circostanti e le sere in taverna, annotando direttive per i lavori durante la cena. Nessuno sapeva dire se apprezzassero di più i *malloreddus* con salsiccia o la donna che li cucinava, ma prima di ripartire avevano deciso entusiasti di mandare alcuni dipendenti da un paesino montuoso al centro dell'isola – i carbonai della compagnia infatti erano tutti sardi – a condizione che gli utensili per il lavoro li fornisse l'emporio dei Murru e le cene fossero cucinate personalmente da Teresa. Bruno si era occupato di sancire l'accordo, e qualche settimana più tardi erano giunti a Lolai due dei tagliatori più esperti dell'intera regione.

Il primo, Carlo, era un giovane alto ed elegante; portava spesso un gilet di cotone scuro sotto la giacca e una *berritta* grigia sgualcita, dalla quale sporgeva un ciuffo castano a coprirgli gli occhi verde oliva. Dopo nemmeno tre mesi di lavoro, aveva iniziato a farsi ogni giorno il paese di corsa per arrivare alla taverna prima di cena. Qualcuno sosteneva che fosse la fame a muovergli i passi, ma in realtà la vista quotidiana di Teresa gli placava un languore che non aveva a che fare col cibo. Finiva per ammetterlo spesso ad alta voce, dopo qualche bicchiere di vino e una battuta incoraggiante dei compagni.

Il secondo invece era più silenzioso, più vecchio e più inquietante. Si chiamava Tommaso, aveva i capelli radi di un grigio sbiadito, gli occhi nero pece e una carnagione insolitamente pallida. Era stato ribattezzato «Timi Timi» per un tremolio involontario al labbro superiore che gli rimpiccioliva gli occhi, rendendogli lo sguardo cupo e impenetrabile. Ogni volta che arrivava in taverna, coperto di fuliggine fino ai piedi, si sedeva in silenzio e alternava grossi pezzi di bistecca a lunghe sorsate di vino rosso. I due, poche ore dopo essere arrivati, chiesero in giro se ci fosse qualche giovane volenteroso in cerca di un lavoro, offrendosi di pagare per conto della compagnia uno stipendio per l'intera stagione in cambio di un aiuto su in foresta.

Giovanni, un giovane del paese, si offrì senza nemmeno pensarci. Gli era rimasta solo la madre, con la quale condivideva una piccola casa ai piedi della collina, vicino alle vigne. La morte del padre – che faceva il *barracello*, il custode armato a guardia dei possedimenti privati della zona – li aveva resi poveri. Aveva poco meno di trent'anni, ma le rughe sulla fronte e gli enormi baffi scuri su una bocca piccola e stretta lo facevano sembrare più vecchio. Gli mancava inoltre il mignolo della mano sinistra, ma era stato proprio quel difetto a renderlo famoso tra i bambini che dopo cena, in taverna, attendevano impazienti i suoi spettacoli di magia con le carte. L'allegria del giovane aveva attirato l'attenzione di Rita, e anche se in giro si accennava alla cosa con cautela per via dei dieci anni di differenza, i due avevano iniziato a trovare qualunque buona scusa per stare da soli. I carbonai insegnarono a Giovanni il mestiere in breve tempo e gli offrirono un posto in foresteria, per stare più vicino al bosco; da quel momento il trio divenne inseparabile.

Bruno, dal canto suo, aveva notato più volte quei due e

i loro sguardi sulla moglie, mentre ritirava i piatti vuoti dai tavoli; i loro occhi seguivano il suo andamento sinuoso con una smania tale da provocare al marito uno strano fastidio alle nocche, simile a una puntura di spillo. Bruno contraeva istintivamente le mani in un pugno, ma poi si sforzava di respirare piano per allentare la tensione. Una sera, dopo l'ennesima battuta che Carlo aveva detto agli altri due, convinto di non essere ascoltato, Bruno non ci aveva visto più.

«Non la devi nemmeno nominare, hai capito?» aveva sbottato, andando incontro al carbonaio con aria minacciosa.

«Tranquillo Bruno», l'aveva bloccato Tommaso per un braccio, mentre Carlo se ne stava in piedi a ridere, gli zigomi arrossati dalla lunga bevuta, «siamo tutti persone perbene qui. Ma il vino fa brutti scherzi a volte, lo sai...»

A quel punto sarebbe scoppiata una lite se gli amici non avessero allontanato Bruno dalla sala e convinto i carbonai a tornare a casa.

Il trio non si vide in giro per parecchi giorni, e mentre gli uomini dimenticarono in fretta l'accaduto, alle donne bastò uno scambio frettoloso prima del rosario per arricchire il racconto di dettagli sconcertanti – secondo i quali Bruno si era poi recato in foresteria, con gli amici al seguito, per minacciare Carlo di farlo fuori con le sue mani se la cosa si fosse ripetuta. Sapendo che a Teresa non piaceva dare spettacolo, il marito iniziò a incanalare la propria gelosia in preoccupazioni sulle spese per il rifornimento degli attrezzi, o per il saldo che la compagnia gli avrebbe dovuto pagare a fine stagione. Lei lo ascoltava in silenzio e nel mentre continuava a spolverare il bancone, passare la ramazza in cucina e rimettere i bicchieri al loro posto.

«Ti ho sposato perché sei diverso dagli altri», gli diceva. «Vai a letto che è tardi. E smettila di bere il vino dei Cannas, che diventi pigro come loro.»

Solo dopo aver chiuso la porta della loro camera, lontana anche da Rita e Tore, Teresa sembrava pian piano riprendere fiato e distendere i muscoli del corpo, a uno a uno. Con le orecchie ascoltava le preoccupazioni del marito e con le mani si infilava una camicia da notte in cotone bianco, annuendo nella penombra per prendere nota dei problemi senza cercare soluzioni. Apriva la bocca ogni tanto, al sentire Bruno lamentarsi dei conti o della polmonite di cui soffriva e che col tempo andava peggiorando, ma poi la richiudeva piano senza dire nulla. Solo quando il marito finiva di parlare, Teresa ricambiava il suo sguardo. Diceva sempre la stessa frase, prima di accarezzargli il viso e andare a dormire, ed era proprio quell'equilibrio riservato ad averli resi medici infallibili, l'uno del malessere dell'altra.

«*Passat custu puru.*»

Li avevano visti discutere una volta sola, nella piazza di fronte alla chiesa una domenica mattina.

«Te l'avevo detto, dovevi ascoltarmi invece di fare di testa tua. Gli uomini d'affari là sono diversi, non è come qui», aveva sentenziato la donna.

«Che fesserie, cosa ne sai tu della città se non ci sei mai stata?»

«Non serve conoscerla per vendere il bestiame. Come ragiona la gente, quello bisogna capire. Ma tu sei testardo e non mi ascolti…»

«Ah, io sarei testardo? *Bai cittidì, tocca*», le aveva risposto l'uomo, voltandosi con uno scatto indispettito.

«Tu di stare zitta non me lo dici, hai capito?» aveva detto Teresa furente, afferrando il marito per un braccio e abbassando la voce in un bisbiglio.

«E allora tu non ti azzardare a dire a me come devo lavorare, va bene?» aveva risposto lui, tenendo alto lo sguardo.

Teresa aveva aperto la bocca senza rispondere, per poi trafiggere il marito stringendo gli occhi in una fessura. Tutti i presenti erano sicuri che di lì a poco uno dei due avrebbe alzato le mani, e che probabilmente sarebbe stata la moglie.

«Io me ne torno a casa. Ed è meglio che non mi segui», aveva risposto secca la donna, prima di chiamare a rapporto i figli e sparire dietro l'angolo. Dopo quel fatto, molto chiacchierato tra i compaesani nelle ore di ozio pomeridiano, il raduno davanti a casa Murru fu rinviato a data da destinarsi.

Qualche mese dopo, in una mattina fredda di gennaio, giunse a Lolai anche Efisio, il giovane carabiniere di un paese vicino. Il profumo intenso delle foglie di limone serpeggiò tra le vie fino a raggiungere il portone di legno verde, provocando agli uomini appollaiati in strada un insistente prurito alle narici. Si voltarono, e videro una divisa blu avanzare in mezzo agli alberi.

«Buongiorno. Bruno Murru è in casa?»

«*Saludi maresciallu!* Gradite un bicchiere?» chiese Tonio con un sorriso.

«No, grazie. Ho un messaggio urgente per il signor Murru.»

«Se c'è lui non ci siamo noi, colonnello! Teresina però è in casa, se volete glielo facciamo arrivare noi questo messaggio», disse Biccu sghignazzando.

Efisio lo guardò con l'aria di chi ha troppa fretta per assecondare le prese in giro.

«Sicuro che non volete sedervi, marescia'? Mi sembrate affaticato», disse Tonio.

«No, grazie. Sapete dirmi dove lo posso trovare se non è in casa?»

«Al mercato, per cercare un bue che può tenere testa alla moglie», esclamò Biccu.

Efisio fissò di nuovo il gruppo con aria stizzita e Tonio, intuendo che non fosse davvero il momento di scherzare, colpì l'amico al braccio.

«Lo trovate nei campi laggiù. Scendete questo pendio e continuate dritto, non ci vuole tanto.»

«Grazie. Buona giornata», rispose il carabiniere con un cenno, prima di voltarsi verso i campi.

I suoi occhi però indugiarono per un attimo sull'ingresso di casa Murru, costringendo tutti gli altri a seguirlo. In mezzo al vento si udivano le parole di un canto, e uno a uno gli uomini posarono i bicchieri di vino sui tavoli cercando di non fare rumore. Dalla tenda bianca della finestra al primo piano, la voce di Teresa invase la strada.

*No potho reposare amore 'e coro*
*pensende a tie so donzi momentu*
*no istes in tristura, prenda 'e oro*
*ne in dispiachere o pensamentu*
*t'assicuro ch' a tie solu bramo*
*ca t'amo forte t'amo, t'amo, t'amo*

*Non riesco a riposare, amore del mio cuore*
*penso a te ogni momento*
*non esser triste «gioiello d'oro»*
*né dispiaciuta o in pensiero*
*ti assicuro che io bramo solo te*
*perché ti amo tanto, ti amo, ti amo e ti amo*

Stettero tutti immobili finché Teresa non smise di cantare, lasciando che l'eco delle parole occupasse l'aria ancora per qualche secondo. Poi Efisio sembrò ricordarsi della ragione per la quale era arrivato, e si congedò dalla clientela con un saluto. Tonio, dopo che tutti se ne furono andati, si chinò sulle sedie per riportarle dentro casa ma con la coda dell'occhio vide Bruno risalire la strada di corsa. Aveva uno sguardo cupo, e in una mano reggeva il foglio sgualcito che Efisio gli aveva consegnato; Teresa lo attendeva sul portone, e lui entrò in casa senza dire nulla.

Qualche minuto dopo, il trambusto all'entrata di casa si fece più forte e i coniugi Murru uscirono in strada, seguiti dai bambini e da Rita. Teresa, con il piccolo Emilio in braccio, salutò il marito con una carezza mentre Francesco, Maddalena e Rita le stavano dietro in una fila ordinata. Bruno guardò con un sorriso preoccupato i bambini e li baciò tutti e tre sulla testa. Salì sul carretto di legno che usava per andare alle fiere e incitò l'asino con una mano, sventolando l'altra a mezz'aria in segno di saluto. Quando Teresa rientrò in casa seguita dai bambini, Tonio indossò in fretta la giacca e attraversò la strada a passo svelto per raggiungere Rita.

«È successo qualcosa?» chiese.

«Rosa, la sorella di Bruno. Dice che la madre sta morendo e gli vuole parlare. Se parte adesso arriverà prima che faccia buio.»

«Speriamo bene», rispose Tonio, con aria preoccupata.

Rita alzò le spalle in risposta. «Buona giornata», aggiunse poi, prima di voltarsi e rientrare in casa.

# 8.

Per tutta la settimana successiva il paese fu avvolto da una nebbia insolitamente fitta. I muretti lungo le strade gelavano tanto da formare sottili strati di ghiaccio tra una pietra e l'altra; i bambini si divertivano a staccarle e tenerle in mano lungo la via di casa, sfidandosi in impegnative gare di resistenza. Una volta calato il buio e sgomberate le strade, chi aveva un po' di soldi o era ancora troppo lontano da casa cercava riparo in taverna: era l'unico posto a Lolai in cui il camino rimaneva acceso fino a tardi. Quella notte non c'era un tavolo vuoto; i carbonai stavano in silenzio in fondo alla sala, vicino al fuoco, mentre il vociare degli altri presenti inondava il locale. Tonio vagava tra i tavoli offrendo vino appena imbottigliato, e Biccu e Annedda, accanto all'ingresso, si scambiavano sguardi complici all'entrata di ogni nuovo ospite. Davanti a loro, con Sofia al seguito, stavano don Giuseppe e Miriam di ritorno dalla messa, e due tavoli più in là c'erano i Cannas e i Locci: i primi famosi per avere nove figli e i secondi, a causa di un matrimonio sterile, per non avere nemmeno un nipote a cui lasciare l'eredità. Infine c'era Teresa, indaffarata a dare indicazioni a Rita dalla cucina. Mancavano solo Tore, che armeggiava con la legna in cortile, e Bruno, ancora in visita dalla madre malata. Biccu, con la pancia gonfia di vino, si alzò barcollante e raggiunse in pochi passi il camino acceso. I tre carbonai non lo videro arrivare, intenti a ingurgitare brodo di pollo e discutere di numeri nella penombra della sala.

«Allora, come stanno gli alberi dei nostri boschi?» chiese Biccu, allungando il bicchiere verso il tavolo.

Carlo non si mosse, così il vecchio indicò la caraffa piena per suggerirgli di versarne un po'. Il carbonaio si scostò il ciuffo castano dagli occhi con uno sbuffo, poi si tolse la *berritta* con calma e se la appese a penzoloni sul ginocchio; solo dopo iniziò a versare il vino.

«Come la pecorella smarrita del Vangelo, *tziu* Biccu», disse Tommaso. «Quelli di legna buona sono rimasti in pochi, e noi li andiamo a recuperare.»

«Avranno sentito che li state cercando, per quello si nascondono.»

«E noi gli facciamo credere che sono nascosti bene, infatti», rispose Giovanni. «Che a vedere al buio son buone le civette, mica noi. Ma state tranquillo che domani, appena spunta l'alba, ne imbrogliamo degli altri. A voi non servono un po' di provviste?»

«Mi servono sì», disse Biccu.

«Allora mandate vostro figlio ad aiutarci. Quando la catasta è pronta, vi diamo la sua parte», concluse Carlo, che con lo sguardo vagabondava per la sala.

«Ognuno si sceglie gli amici, ma ancora di più i nemici», aggiunse Tommaso, posando il cucchiaio dopo l'ultimo sorso di minestra.

«Posso?» chiese Rita, facendo per prendere il piatto vuoto di Giovanni. Il ragazzo glielo tese con un braccio, mentre con l'altro le cinse il fianco.

«Dai che devo lavorare», lo rimproverò lei imbarazzata.

«Altrimenti chi ti sgrida? Teresina?» chiese Giovanni divertito.

Al sentire quel nome Carlo si voltò di scatto, come se qualcuno lo avesse chiamato da lontano.

«*Mi'* come si sveglia il gallo appena spunta un raggio di sole», lo prese in giro Giovanni, rivolto alla fidanzata. «Vai a chiamare Teresina e dille che Carlo la vuole vedere, così gli passa questa brutta aria da cane bastonato.»

«*Mudu*», rispose brusco Carlo, dandogli un calcio da sotto il tavolo. «Non ho mica bisogno di ambasciatori, ci vado da solo in cucina.»

Si alzò lentamente, con in mano il piatto sporco di minestra, e si fermò al bancone allungando il collo nella speranza che Teresa buttasse un'occhiata alla sala. Non sentendo alcun movimento, avanzò sulla porta e la vide seduta a bere avidamente del vino accanto al lavabo.

«Ce n'è bisogno stasera, eh?»

Appena si accorse di non essere sola, a Teresa andò un sorso di traverso. Si asciugò la goccia rossa caduta sul mento con il dorso della mano e guardò l'uomo imbarazzata.

«Che ci fate qui? Non è posto per gli uomini questo, e ancora meno per i clienti.»

«Ma per gli amici sì?»

Carlo la fissava con finta aria colpevole, ma la donna abbassò lo sguardo sul piatto e glielo prese dalle mani; poi aprì il rubinetto del lavandino per lavarlo.

«Se mi sposate pulisco io al posto vostro, va bene?»

Teresa rimase in silenzio per un po', prima di rispondere.

«Di marito ne ho già uno, e mi basta.»

«E dov'è? Io non lo vedo da un po'. Dicono che in città, con le bestie giuste, si concludono buoni affari.»

«Almeno le bestie sono educate.»

Carlo non riuscì a trattenere un sorriso, e indugiò con sguardo arrogante sulle movenze di Teresa che, infastidita ma non distratta da quelle battute, continuava a fare avanti e indietro dal lavandino al tavolo. Nessuno aveva mai sospettato che Teresa potesse lasciare il marito per qualcun altro; nonostante l'indole spavalda della moglie, i loro figli erano garanzia di una stabilità che sarebbe rimasta in piedi contro ogni intemperie. Ma l'impatto che l'arrivo dei tre carbonai aveva avuto sul paese e l'assenza momentanea di Bruno sembravano suggerire un inevitabile cedimento della donna, simile ai profili delle montagne erose dal vento e a tutto ciò che cambia lentamente aspetto, pur mantenendo lo stesso nome.

Carlo arretrò verso la porta che dava sulla sala – per fare in modo che tutti li potessero vedere – e allungò una mano verso di lei. Teresa si scostò con un movimento brusco e agitò le mani, come per scacciare via una mosca. I suoi occhi color miele, stretti in uno spiraglio, indicavano uno sdegno difficile da articolare a parole.

«È questione di tempo, ma prima o poi vi innamorerete di me», aggiunse Carlo, avvicinandole una mano al collo e sussurrandole quelle parole all'orecchio. Da lontano, ai presenti sembrò che la vicinanza tra i due avesse appena superato un confine pericoloso, trasformando l'ambiguità di poco prima in un corteggiamento andato a buon fine. Teresa ripiegò in cucina senza dire nulla, mentre Carlo tornò in sala con aria tronfia e il sorriso soddisfatto di chi sta per vincere una scommessa impossibile. Don Giuseppe, che aveva assistito alla scena da lontano, si girò di scatto verso Miriam e Sofia chiudendo le mani in preghiera.

«Quando l'uomo apre le porte al tradimento, la fede è la prima a lasciare la casa. E il tintinnio dell'oro è un'esca troppo pericolosa.»

Miriam annuì con un cenno del capo, Sofia accennò un segno della croce per scacciare via il brutto pensiero. Dall'altra parte della stanza, intanto, Rita rassicurava la padrona tagliando piccole fette di *civraxiu* da distribuire tra i tavoli.

«Carlo esagera, ma è un uomo per bene. È il vino che ogni tanto gioca brutti scherzi, lo aiuta a distrarsi dai pensieri tristi. Ogni tanto ci vuole qualche imprevisto per non annoiarsi troppo, no?»

«Parla di meno e lavora di più», le rispose secca Teresa, prima di sparire in cucina.

L'ingresso della taverna si aprì all'improvviso e una folata gelida fece voltare istintivamente tutti i presenti verso l'uscio. Tore varcò la soglia con il respiro affannato e lo sguardo in cerca di Teresa. Quando la donna riapparve in sala e capì l'urgenza, fece cenno a Rita di badare ai bambini e seguì Tore nel buio. I presenti restarono in attesa, ma quando ne ebbe abbastanza Biccu diede una lieve gomitata alla moglie e si alzò in piedi, scuotendo le briciole di pane dai pantaloni.

«Non è bene disturbare, se la minestra è finita e la padrona non torna. È ora che ce ne andiamo anche noi, Anne'.»

Anche don Giuseppe, Miriam e tutti gli altri si alzarono in silenzio. I tre carbonai invece rimasero seduti, ripetendo ognuno un piccolo gesto. Giovanni mescolava il mazzo di carte tra le mani, Carlo faceva dondolare la sedia avanti e indietro coi piedi e Tommaso si passava l'indice sinistro tra i denti per togliere un pezzo di carne incastrato da qualche parte – ma da qualche minuto il suo tremolio al labbro era aumentato. Quando Biccu e Annedda furono sul punto di aprire la porta, Tore li precedette e rientrò in sala con il volto pallido e la gola secca. Passò vicino ai bambini, che giocavano a fare le ombre cinesi davanti al fuoco, e disse qualcosa a Rita sottovoce; poi si voltò verso gli altri presenti. Le rughe profonde sulla fronte lo facevano sembrare ancora più vecchio.

«È tornato Bruno. Sta molto male.»

A quel punto la piccola Maddalena si voltò, con aria preoccupata, e un mormorio diffuso iniziò a farsi strada tra i tavoli. Tore assicurò che il medico del paese vicino era stato avvisato, ma non sarebbe arrivato prima di qualche ora. Rita portò via i bambini, mentre Tore raccontava che Bruno si era accasciato di fronte al portone, in mezzo al buio, alternando attimi di lucidità a deliri della febbre. Teresa era andata ad assisterlo in camera da letto ma lui continuava a tossire, segno di un peggioramento della polmonite nel viaggio di ritorno.

La nebbia si fece più fitta con il passare delle ore. Era una cosa comune da quelle parti, soprattutto durante la stagione fredda, ma spesso un maestrale leggero e costante tornava a schiarirla in meno di qualche ora. Quella notte invece, chiunque si aggirasse per casa – indugiando sui viottoli scuri e gli alberi di limone ricoperti di rugiada, prima di chiudere le persiane – poteva udire il sibilo del vento lasciare spazio a un frusciare leggero e continuo, simile al frinire lontano delle cicale durante le notti estive.

Tore stava in piedi nel corridoio al primo piano, con un occhio sulla camera da letto degli sposi e un altro su quella dei bambini; Rita era scesa in cucina e aveva riempito tre bicchierini di mirto, per rendere la veglia meno faticosa.

Mentre la ragazza sistemava la cucina, udì il battere insistente di una mano al portone di casa. Quando lo aprì, si trovò di fronte Maria.

«*Tzia* Maria, che ci fate qui?» chiese sorpresa.

«Teresa...» borbottò la *bruja* sottovoce, con i pugni stretti sui fianchi.

«È di sopra con Bruno», rispose la ragazza.

«Chiamala», disse Maria perentoria, mentre il suo corpo iniziava a tremare in preda a brevi sussulti.

Rita esitò per un istante; poi annuì brevemente e sparì nel buio del cortile.

Qualche minuto dopo, la padrona di casa aprì il portone e vide Maria fare avanti e indietro lungo la via con le braccia incrociate.

«Mi cercavate?» chiese Teresa.

La *bruja* si voltò di scatto e i loro occhi si incrociarono per un istante: quelli ambrati di Teresa rimpicciolirono per metterla a fuoco nel buio, quelli neri di Maria si fecero ancora più dilatati e profondi.

«Bruno? Sta male?» chiese la vecchia con un filo di voce.

Teresa non rispose. Osservava la figura misteriosa della donna senza riuscire a leggere l'intenzione dietro quella domanda, e per un attimo fu tentata di mandarla via in malo modo.

«Si riprenderà», disse alla fine.

Maria unì le mani in preghiera e disse qualcosa sottovoce senza guardarla.

«Perché siete qui?» chiese Teresa rimanendo immobile, mentre il tono alterato della sua voce tradiva l'attesa di una risposta sincera.

Il viso della *bruja* impallidì nel sentire quella domanda; il suo corpo sembrava quasi scomparire e la sua bocca si apriva e chiudeva più volte, simile a quella di un nuotatore in apnea.

«Pregherò...» disse alla fine. «Pregherò per lui», ripeté Maria con il fiato corto.

Poi, senza aspettare risposta, si strinse nel velo e lasciò casa Murru fino a diventare tutt'uno col buio.

Rientrata in casa, Teresa rimase ad assistere Bruno – avvolto da un lenzuolo bianco e sudato – ogni volta che la vista gli si annebbiava o le tempie tornavano a pulsare. Gli toglieva il panno caldo dalla testa, lo immergeva nel catino di ferro ai piedi del letto e aspettava che la tosse gli desse tregua. Gli scostava i riccioli dalla fronte bollente con l'indice, ci rimetteva sopra il panno umido e alitava sotto le coperte a intervalli regolari, per alleviargli i lunghi brividi di freddo.

«Tere', devi fare una cosa», le disse a un tratto il marito. «Devi andare a chiamare don Giuseppe.»

«Non dire fesserie.»

«Sono serio, Tere'. Di' a Tore di andare a chiamarlo. Se succede qualcosa...»

«Non succede niente, è solo un po' di febbre.»

«Mandalo a chiamare, per favore.»

Tore corse a casa di don Giuseppe e in pochi minuti i due uomini furono di ritorno. Nella stanza c'erano Bruno, Teresa e Rita: il primo continuava a tossire, le altre due si affannavano in silenzio tra il catino di acqua tiepida e gli asciugamani piegati sul letto.

«Buonasera, padre», disse Rita con lo sguardo basso, aprendo la porta per farlo passare. Don Giuseppe fece un cenno alla ragazza e guardò il letto, stringendo con una mano la Bibbia e con l'altra una boccetta di acqua benedetta.

«Come state?»

Bruno non rispose, ma continuò a tossire e indicò con lo sguardo il bicchiere d'acqua sul comodino. Teresa fece per prenderlo, ma il parroco la anticipò e glielo porse. Lui si sollevò sul cuscino a fatica e bevve un piccolo sorso a occhi chiusi, prima di fare un respiro profondo.

«Se non è troppo tardi, vorrei confessarmi.»

Teresa non disse nulla, ma Rita e Tore fissarono Bruno increduli. Se quella che stava per avere luogo in casa Murru era davvero una conversione – inimmaginabile per un uomo come lui, che si era detto lontano dalla fede quanto la loro isola lo era dal resto del mondo – o un Dio doveva esistere veramente, o non c'era paura più grande del rimorso per un uomo in punto di morte. Don Giuseppe, sentita la richiesta del malato, chiese a tutti di lasciarli soli con un cenno della mano. Teresa si girò piano verso il marito, prima di varcare la soglia, e i due si scambiarono un sorriso fugace e commosso che nessun altro riuscì a notare. Dopo aver chiuso la porta, il parroco sedette sulla sedia che Teresa aveva liberato accanto al letto; aprì la Bibbia sulla tonaca e impose le mani al malato, che a stento teneva ancora gli occhi aperti.

«Rivolgo a te, Signore, questa preghiera per…»

«Don Giuse', la confessione che devo fare non è quella che pensate voi.»

L'uomo si interruppe e lo guardò senza capire. Così Bruno, con lunghe pause tra un respiro e l'altro, iniziò a parlare.

«Mia madre, prima di morire, mi ha detto di aver passato troppo tempo ad arrabbiarsi per cose inutili; quando se n'è accorta, era già tardi. Ha detto che le avevano insegnato che la vita è così, una lotta per il pane e la dignità. Mi ha fatto pensare a Teresa. Mia moglie si alza arrabbiata, va a letto arrabbiata e quando morirò sarà anche peggio. Non sono stato un marito perfetto, ma ho paura a lasciarla sola con questa gente. Sono loro il problema, la costringono a una guerra inutile da quando è nata. Avete detto che è la preghiera che ci salva, giusto? Allora pregate voi per me, dite a Dio che mia moglie non si merita questo male. E nemmeno i miei figli.»

L'uomo si interruppe per liberare con un colpo di tosse secca il raschiore alla gola.

«A lei dovete dire che ho fatto una confessione come si deve. Vi chiedo di promettermi due cose, don Giuse'. Che mentirete su quello che ci siamo detti e che alla fine ne sarà valsa la pena.»

Il parroco non staccò le mani dalla Bibbia fino a che l'uomo, trattenendo il respiro per cambiare posizione, si girò di spalle sancendo la fine della chiacchierata. La fiamma della candela ondeggiava fioca, consumata sul bordo del comodino, mentre tra le pareti della camera riecheggiavano le ultime segrete volontà di Bruno.

Il funerale fu celebrato due giorni dopo. La folla riempiva la chiesa e gran parte della piazza di fronte al portone, ascoltando infreddolita la breve omelia di don Giuseppe.

«Bruno era un un'anima mite», disse il parroco, «e come tale il Signore lo renderà erede della terra. Ma guai a quelli di noi che non si renderanno miti e afflitti già su questa terra, a loro non è destinato il regno dei cieli.»

Finita la celebrazione, un corteo ordinato accompagnò Teresa, i tre bambini, Tore e Rita fino al cimitero per la sepoltura. Quando i presenti si raggrupparono intorno alla buca scura che attendeva la bara, la pioggia iniziò a scendere leggera sul paese.

«Dovevano seppellire lei al camposanto. *Issu ndi bessiri*

*corrudu e appaliau*», sussurrò qualcuno dalle retrovie. «Così finiscono quelli che non sanno tenere a bada le mogli: cornuti e bastonati.»

Tore, che reggeva Teresa per un braccio, si girò di scatto senza capire chi avesse parlato. Cercò don Giuseppe con lo sguardo, ma il parroco lo ignorò. Teresa era pietrificata, il suo sguardo fisso sul cielo.

A un tratto, in mezzo alla folla, incrociò la figura minuta di Maria. La *bruja* guardava in basso verso la buca, le mani nodose strette in preghiera e pochi capelli bianchi sparpagliati sulle spalle. Il suo viso contrito tradiva una bellezza remota, nonostante lo scorrere impietoso del tempo. In mezzo al dolore e alla rabbia per aver perso il marito, Teresa scoprì nitidamente un altro rancore, più sottile, proprio rivolto alla vecchia. Il matrimonio con Bruno le aveva regalato le due cose più preziose che avesse al mondo: tre figli e un cognome. Ma adesso, davanti a un volto stranamente familiare, quell'eredità sembrava poca cosa. Inatteso e spaventoso come il rombo di un tuono in mezzo alla tempesta, il dolore di Teresa si mescolò al bisogno di risposte che avrebbe preteso da quella donna, a ogni costo.

Il parroco agitò in aria l'aspersorio per benedire la bara, seguito da un coro di segni della croce, e lesse dal breviario il rito delle esequie. Nella sua ultima notte, poco dopo la confessione, Bruno aveva smesso di parlare e aveva perso conoscenza, senza risvegliarsi più. Quando arrivò il dottore l'uomo era già spirato, e le parole confidate al parroco si erano rivelate un ultimo, imprevedibile testamento. Della loro chiacchierata, don Giuseppe aveva riportato solo un generale pentimento, abbastanza sincero da garantirgli il paradiso. Teresa, al sentire quelle parole, aveva frenato i singhiozzi per non farsi vedere dai bambini.

Gavina fu l'unica a recarsi dalla vedova, la sera dopo il funerale. Aveva una decina d'anni più di Teresa, i capelli color cenere e una gamba malandata sin dall'infanzia.

Era l'unica a Lolai ad aver studiato ed essersi specializzata in telaio verticale, ma dopo la morte dei genitori aveva dovuto badare alla piccola casa di famiglia, poco fuori dal paese. Il signor Collu aveva insistito perché Teresa si recasse a casa sua, anni prima, per imparare quell'arte antica da una mano esperta. A Gavina erano bastati due incontri, piuttosto fallimentari, per intuire che le occupazioni sedentarie non facevano per la ragazza, ma Teresa era curiosa e vivace, diversa dalle altre coetanee. Così la donna le aveva offerto di continuare gli appuntamenti pomeridiani per rimettere a posto con lei il retro della casa, dove si trovavano una casetta in legno per gli attrezzi, un laghetto artificiale in pietra e qualche voliera malandata.

Nonostante fosse poco devota, Gavina era piuttosto rispettata dai compaesani, ma la mancanza di un marito li aveva convinti che quella nuova amicizia non fosse poi così inspiegabile. Anni dopo, quando Teresa era appena diventata madre per la prima volta, il dolore alla gamba di Gavina era peggiorato fino a impedirle di camminare. Prima di quell'occasione, Teresa non aveva mai letto negli occhi dell'amica l'imbarazzante necessità di un aiuto; perciò non se lo fece ripetere due volte e si trasferì a casa sua per assisterla. Il mese successivo la salute di Gavina era migliorata e Teresa, prima di tornare a casa, le chiese di fare da madrina a Maddalena, sigillando con un sacramento l'inestimabilità del loro legame. Otto anni dopo le parti si erano invertite, e Gavina approfittò dell'occasione per rendere il favore. Entrò in casa Murru reggendo una teglia di lasagne, qualche pagnotta e mezza forma di pecorino.

«Non è molto, ma basterà fino a domani», disse a Teresa con un sorriso gentile. La vedova ringraziò con un cenno riconoscente e si alzò per andare ad accendere il fuoco. Invitò Gavina a rimanere per cena, ma l'amica rifiutò alzando una mano.

«È stata una bella cerimonia», disse poi, con voce profonda.

Teresa non rispose, ma si accasciò sulla sedia e si coprì gli occhi con le mani tremanti. Dopo qualche secondo scoppiò in un pianto inconsolabile, che aveva faticato a trattenere nei giorni precedenti. Gavina si tirò su la gonna con le mani, e il suo corpo pesante si mise in piedi a fatica. Si avvicinò zoppicando al tavolo, senza dire nulla, e tirò fuori dalla tasca sinistra un panno bianco. Asciugò le lacrime di Teresa in silenzio e attese la fine dei singhiozzi.

Restarono lì, in silenzio, finché non si fece ora di cena. Il caldo del camino aveva appannato le finestre della cucina e Gavina guardava fuori, reggendo una tazza di latte fumante e valutando se fosse più rischioso tornare a casa col maltempo o lasciare l'amica sola. Poco dopo, Teresa le confidò che da quando era morto Bruno i due bambini piccoli volevano dormire con lei, quindi si era liberata una stanza. Gavina si rese conto in quel momento che l'amicizia – come tutte le cose complicate della vita – non era altro che l'arte del saper leggere tra le righe. Così accettò l'invito con un sorriso.

La mattina dopo si alzò presto e approfittò del sonno profondo dell'intera famiglia per preparare qualcosa da mangiare. Prima di varcare il portone incrociò Tore, intento a sfamare l'asino, e gli raccomandò di avvisarla se avessero avuto bisogno di qualcosa.

«Grazie, *tzia* Gavi'. Non è facile, ma vedervi la aiuta sempre.»

La donna alzò una mano paffuta senza voltarsi, e mentre avanzava claudicante lungo il viottolo deserto, dedicava al maestrale la sua poesia preferita.

*A passu lèbiu ma chena pasu*
*ti ses già remonida gioventura,*
*de ammentos bellos mi porris basu*
*tando fortza torrat in amargura,*

*su passad'apico a unu lasu,*
*s'iset' in bonu 'inchet sa tristura.*
*Como m'istraco e non curro tropu,*
*ma dantzo ancora su ballu topu.*

*Con passo lieve, ma senza sosta*
*te ne sei già andata, gioventù*
*coi tuoi bei ricordi mi porgi un bacio*
*che mi restituisce forza nei momenti di amarezza,*
*il mio passato appendo a un nastro*
*la speranza di una vita serena vince la tristezza.*
*Ora mi stanco e non corro troppo,*
*ma danzo ancora il ballo zoppo.*

# 9.

Passarono sei mesi, fatti di un silenzio prolungato che pervase Lolai e la famiglia Murru di un sollievo insolito. Chi aveva evitato le passeggiate diurne e vissuto davanti al fuoco nei mesi precedenti, iniziò a mettere i piedi fuori di casa, mentre le spighe nei campi tornavano a farsi gialle e lucenti, accarezzate dal vento nei giorni di afa. I raggi bagnavano d'oro tutta la valle e il letto del fiume – particolarmente mosso in quel tratto – si gonfiava a ogni ansa riflettendo un bagliore accecante su ogni ciottolo del fondale. Sulla riva destra, lontana dalle piccole case in pietra animate dal trambusto del pranzo, una distesa di erba si stendeva a perdita d'occhio attorniata da margherite e un silenzio accogliente, che qualche passero interrompeva di tanto in tanto.

Alcuni pastori sostavano lì intorno, preceduti dal gregge, e qualche viandante affamato decideva di fare uno spuntino all'ombra di un fico; lo scrosciare leggero dell'acqua cristallina era ciò che di più vicino al paradiso potesse sognare un certo tipo di genere umano – non estraneo all'istinto di prevaricazione, ma ancora fedele a una promessa di libertà, fatta di natura incontaminata e nessuna ricompensa. Dal ventre del paese, attraverso le finestre aperte e affacciate sulla via principale, arrivava una combinazione di odori allettante sia per gli uomini sia per gli animali di rientro dai campi.

Una sera Teresa, seduta in cucina, vide che Tore – intento a fare i conti sulle spese di locanda ed emporio – scuoteva la testa con aria scoraggiata.

«Siamo messi male?» gli chiese.

«Abbiamo venduto qualcosa in meno da quando è morto Bruno, ma vedrete che ce la caveremo», rispose lui, con un sorriso stanco. La donna alzò gli occhi dal tavolo e lo guardò indispettita.

«Non siamo più quelli del cortile dei Collu, ma quante volte ti ho detto che ci possiamo dare del tu?»

«Non potrei mai, lo sapete bene. Se non fosse stato per voi, Dio solo sa dove sarei finito...»

«Non dire stupidaggini», lo interruppe Teresa.

«Anche a fare i conti», disse guardando verso il tavolo, «l'ho imparato da Bruno. Ma senza le vostre idee questo posto non stava in piedi due giorni, credete a me.»

«Non ne sono così sicura...»

«È un periodo difficile, ma la compagnia dovrà continuare i lavori almeno per un'altra stagione. E i carbonai avranno pur bisogno di mangiare no?» concluse l'uomo alzando leggermente le spalle.

«Così sembra...» annuì la vedova, reggendosi una tempia con la mano aperta. «In effetti, c'è un modo per mettere qualcosa da parte, prima dell'inverno.»

Tore la guardò senza capire.

«Fai fare a me. Almeno così non sei costretto a girare per le fiere ogni settimana.»

«Lo sapete che lo faccio volentieri.»

«Lo so, ma alla tua età è meglio non esagerare...» concluse inarcando la bocca in un sorriso furbo.

«Che cosa vorreste dire, che sono diventato troppo vecchio?» rispose Tore con una finta smorfia indignata.

Teresa rise e alzò le mani in segno di scuse.

«No, al contrario! Ogni anno diventi più saggio, per questo mi servi qui.»

La vedova si alzò dal tavolo, toccò la spalla di Tore con una mano e l'uomo le sorrise di rimando, prima di darle la buonanotte e tornare verso le stalle. Teresa, sola nel buio della cucina, mise via i fogli e respirò a fondo per scrollarsi di dosso tutta la stanchezza accumulata nelle settimane precedenti. L'abilità nel contrattare era l'unica cosa in cui Bruno fosse davvero insuperabile; la sua pacatezza aveva convinto la gente di Lolai che il vero tesoro, Teresa, se lo fosse scelto come marito. Ma ora, senza di lui, andavano trovate altre strade. Rita scese le scale e avvisò la vedova che i bambini si erano addormentati; Teresa le chiese di trattenersi per la notte, vista l'ora, e la ragazza accettò con un sorriso educato.

Quando si fermava a casa Murru, Rita occupava la piccola stanza al piano terra, accanto alla cucina. La costruzione in pendenza della casa faceva sì che in quella stanzina buia – arredata solo con un traballante letto in ferro, un comodino mangiucchiato dai tarli e un lungo specchio in ottone appeso a un'anta dell'armadio – l'unica parte visibile dalla strada fosse una finestrella di legno che sporgeva da sotto il soffitto. Rita era solita riposarsi lì al fresco, d'estate, e ogni tanto – se avvertiva dei rumori provenire dalla strada – saliva su una sedia presa in prestito dalla cucina e allungava il collo fuori dalla finestra, cercando così nascosta di indovinare chi fossero i passanti solo da caviglie e voce.

La sera dopo i carbonai si fermarono a mangiare in taverna. Tore era intento a travasare l'olio avanzato in grosse damigiane impagliate, mentre Rita riordinava la sala e apriva le finestre per far circolare l'aria. Teresa non si era fatta vedere per tutta la sera. Carlo, dopo essersi pulito la bocca sporca, si alzò di scatto indicando agli altri due di rimanere seduti. Tommaso seguì il compagno con lo sguardo, mentre Giovanni fu distratto dai bambini impazienti di vedere un nuovo trucco di magia con le carte. Carlo si fermò davanti a Rita, sbirciando al di là del bancone.

«Teresa è in cucina? La vorrei salutare.»

«Sì, sta preparando la carne per domani. Ma non so se...»

«Faccio presto.»

Senza aggiungere altro, l'uomo oltrepassò la soglia e trovò la vedova intenta a sezionare un coniglio su un grosso tagliere di legno. Al suono secco e preciso del mannarino sulla base del collo, l'uomo si ritrasse per un secondo prima di contrarre le labbra in un sorriso.

«Il segreto è immaginare la testa di un nemico, non è vero?»

La donna non rispose e nemmeno gli diede la soddisfazione di alzare lo sguardo; con un altro colpo secco tagliò di netto una coscia dell'animale. Carlo avanzò verso il bancone con aria furtiva.

«Dovete dirmi qualcosa?»

«Veramente sì. Volevo farvi le condoglianze.»

La donna a quel punto sollevò gli occhi e lo studiò con sguardo severo.

«So che non dovrei, dopo quello che è successo, ma volevo scusarmi. Ho esagerato, quella sera avevamo bevuto troppo.»

«Ormai è passato», disse la donna.

Attesero entrambi in silenzio per qualche secondo, poi Carlo si voltò verso l'uscita.

«Domani partiamo, ma non staremo via tanto.»

Teresa rispose con una mezza parola, simile a un mugugno; l'uomo se ne accorse e si fermò davanti alla porta.

«Avete detto qualcosa?»

Il suo volto era rimasto bloccato in attesa di una risposta. Sforzandosi di non darlo troppo a vedere, Carlo mise le mani dentro una tasca della giacca, ma il suo sguardo non si staccava da quello di Teresa.

«Se possibile, volevo parlarvi dell'accordo preso con mio marito per la prossima stagione.»

Il sorriso dell'uomo sparì in una rapida contrazione del viso.

«Ora che me ne devo occupare io al posto suo, avrei

bisogno di dividere i rimborsi delle spese in due rate. Una metà adesso, e il resto a fine lavoro.»

Carlo distolse lo sguardo per un attimo, prima di parlare.

«Dovete comprare qualcosa per l'emporio? Vi posso aiutare io...»

«No, no. Devo solo recuperare un po' di provviste. È possibile?»

«Credo di sì», disse l'uomo.

«Grazie.»

La donna rivolse a Carlo un sorriso disteso e sincero, tanto inaspettato da inchiodarlo sulla soglia.

«Da vedova siete ancora più bella, Teresi'», disse poi piano, prima di voltarsi e lasciare la stanza.

Tornato al tavolo, Carlo notò lo sguardo di Tommaso che lo fissava senza dire nulla; il tremolio al labbro gli tradiva uno strano interesse per la conversazione di poco prima.

«Quindi?»

«Vuole metà del pagamento in anticipo.»

«Ah, così è?»

«Dice che le servono i soldi per le provviste.»

«Eh, certo. *Anche se si nasconde, al gatto rimane sempre fuori la coda.*»

Carlo non rispose, e Tommaso continuò a passarsi la lingua tra i denti senza smettere di fissare l'interno della cucina. Tore, che aveva appena finito l'ultimo travaso di olio, notò che, a parte loro, la sala era deserta.

«Avete bisogno di aiuto per portarlo via?» disse garbato.

Carlo e Tommaso si voltarono e videro Giovanni. Era intento a sussurrare qualcosa all'orecchio di Rita reggendosi in piedi a stento. Lasciò cadere senza forze un braccio intorno al collo della ragazza e quella rise, costringendo Tommaso a richiamarlo in modo brusco.

«Giovanni, *ajò* che è tardi. Buonanotte.»

Quando i tre uscirono dalla taverna, Teresa si affacciò dalla cucina e Tore le rivolse uno sguardo preoccupato.

«Tutto a posto?»

La donna annuì in silenzio. Poi chiese a Rita di portare i bambini a dormire e Maddalena si voltò di scatto, con aria triste.

«Mamma, tu non vieni?»

Teresa si girò verso Tore, che le fece segno di non preoccuparsi, e prese la figlia per mano prima di lasciare la sala seguita da Francesco e Rita, con in braccio Emilio.

Quella domenica casa Murru rimase silenziosa, all'ombra degli alberi di limone e memore dell'eco dei canti in piazza per la festa di santa Cecilia – iniziata la sera prima e conclusa poco dopo l'arrivo dell'alba. Teresa uscì dal piccolo portone verde senza guardarsi intorno, cercando di fare meno rumore possibile. Sapeva che dopo aver fatto le ore piccole, per il resto del paese il caldo e la fame sarebbero stati talmente urgenti da trattenerli in casa.

La donna era uscita per andare a trovare Maria, ma non l'aveva detto a nessuno. Era sicura che, se qualcuno si fosse sognato di andare a bussare alla porta dell'emporio, si sarebbe arreso presto senza farsi troppe domande. La casa della vecchia era distante dalla sua, ma aveva voglia di passeggiare. Approfittava di quel tempo dilatato dal caldo – che come ogni estate arrivava all'improvviso – per pensare a cosa dirle, finché non intravide le due file di cipressi che conducevano al grosso cancello in ferro del cimitero, nel punto che da valle scendeva verso i campi. Più che una casa, quella di Maria sembrava un tugurio pericolante, con una porta in legno mal chiusa e l'odore di muffa che arrivava fino alla strada. Teresa aveva evitato quel posto per molti anni, ma non avrebbe saputo dire perché. Durante la strada aveva raccolto campanule blu dai cespugli fino a farne un mazzetto, e continuava a rimuginare su cosa dire e come dirlo senza concludere alcunché. All'improvviso, dal cimitero le venne incontro dal nulla Tommaso. L'uomo aveva le mani sporche, la fronte sudata e un'aria stanca. Sgranò gli occhi nel vederla, ma subito dopo sorrise per mascherare la sorpresa.

«Buongiorno Teresi'! Cosa ci fate da queste parti?»

La donna esitò per un secondo, fissando i fiori che teneva in mano.

«Siete venuta a trovare Bruno?»

Teresa annuì cordiale.

«Voleva essere Carlo a darvi la bella notizia, ma già che ci sono lo faccio io. La compagnia ha accettato, vi porteremo l'anticipo fra qualche giorno.»

Teresa a quel punto allargò il volto in un sorriso.

«Vi ringrazio molto.»

«Non dovete ringraziare noi, abbiamo solo detto la verità. Che siete la cuoca migliore dell'isola.»

Vedendo la donna imbarazzata, Tommaso indicò i fiori con l'indice.

«Andate pure, che agli uomini non piace aspettare.»

Lei lo ringraziò con un cenno e lui la superò di qualche passo in direzione dell'uscita. Prima di andare via, però, si voltò di scatto.

«A proposito, Teresi', ricordate di mettere tutto il denaro in un posto sicuro, che se no rischiate di perderlo come hanno fatto i Locci con *su molenti*!»

Teresa, fissando le due lapidi grigie che aveva davanti ai piedi, rimase immobile prima di rispondere.

«Cosa è successo?»

«Gli hanno rubato l'asino l'altro giorno. Dicono che alcuni banditi sono entrati in casa, hanno tolto la capezza dal collo della bestia e l'hanno portato via. Volevano venderlo al mercato, ma mo' gli tocca trovare un altro modo per non morire di fame. Non si può stare più sicuri di niente di questi tempi. Buona giornata Teresi', portate i miei saluti a Bruno.»

L'uomo alzò un braccio e scomparve fischiettando oltre l'ingresso. Teresa alzò lo sguardo verso gli alberi che dividevano le lapidi in file ordinate, sotto un cielo azzurro pastello che al contrario di lei sembrava attendere con calma l'arrivo del pranzo. Poi, assecondando la deviazione forzata, si avviò verso il fondo del cimitero con il mazzo di fiori in mano, e quando arrivò alla tomba di Bruno rilesse la scritta bianca sotto le lettere scure del suo nome.

LA SPERANZA È LA FORZA PER AMARE LA VITA DI OGNI GIORNO
FINO AL GIORNO SENZA TRAMONTO

Bloccò una lacrima che era sul punto di scivolarle rapida sulla guancia e sembrò dimenticare per un attimo la ragione che l'aveva spinta fuori di casa. Tutte le preoccupazioni per il passato e per quella donna che non dava risposte erano scomparse dietro l'angoscia provocata dalle parole del carbonaio. Teresa tornò all'ingresso e spinse con un braccio il cancello; per la prima volta, non si fermò alla cappella dei Collu. Le sue gambe avanzavano a fatica, come se la terra arida sotto i suoi piedi si fosse disgregata in enormi zolle galleggianti.

Arrivata alla porta, allungò il braccio per aprirla, ma dentro non trovò nessuno. L'odore di muffa era sempre più forte e, nonostante il caldo, le frasche che facevano da tetto alla baracca rendevano la temperatura più fresca rispetto alla strada. Teresa fece il giro della stanza, poi uscì sul retro per cercare Maria in mezzo a un piccolo giardino incolto; non la trovò nemmeno lì. Pensò che se non era in casa solitamente vagava per le strade, e quando non era in giro sedeva in chiesa; così fece marcia indietro per dirigersi in piazza.

La sua testa macinava pensieri sfuggenti e contorti, mentre l'affanno la accompagnava lungo l'ultimo tratto della strada in salita. Dal funerale in poi si era sempre vestita di nero – più per fedeltà alla promessa fatta il giorno del matrimonio che per norma sociale – e a quell'ora anche la tela scura della gonna sembrava terribilmente pesante. Si sentiva scottare le guance e le orecchie, coperte dal velo. A un tratto udì degli schiamazzi e si accorse di essere davanti a casa di Annedda; così si girò e alzò una mano per salutarla. La donna ricambiò con un sorriso tirato e i suoi occhi la studiarono più a lungo del dovuto.

Teresa superò il portone e si diresse verso la chiesa, sperando di incrociare finalmente Maria. Raggiunta la piazza, vide che l'ingresso era serrato, mentre la porta in legno della sacrestia era rimasta accostata in uno spiraglio. Si avvicinò all'uscio e all'interno vide la vecchia, inginocchiata al confessionale; dalla parte opposta del cubicolo, si intravedeva dietro la grata l'ombra di don Giuseppe. La vedova cercò di trattenere il respiro per non perdere nemmeno una parola. Maria annuiva in ascolto, ma la voce del parroco era indistinguibile. Sentendo che i due concludevano il rito e Maria si faceva il segno della croce, Teresa si ritrasse all'ombra degli alberi lì dietro. Appena la videro impallidirono entrambi, ma don Giuseppe fu il primo a riprendersi.

«Teresa, come mai qui? È successo qualcosa?»

«No, facevo solo una passeggiata.»

Maria guardava per terra, ammutolita.

«Fa molto caldo oggi, non dovreste andarvene in giro sotto il sole a quest'ora. Maria si voleva confessare e siamo venuti qui, al fresco», concluse, regalando all'anziana lo stesso sguardo frettoloso di chi vuole togliersi d'impiccio.

«A ogni modo, si è fatto tardi. Buona giornata a entrambe.»

Il parroco scomparve dietro l'angolo e Teresa fissò la *bruja* per qualche secondo, mentre alcune gocce di sudore le imperlavano la fronte; i loro corpi stavano immobili uno davanti all'altro, come in ogni preparazione che precede un duello. Maria continuò a evitare lo sguardo della vedova, fissando il terreno nella speranza che quello la inghiottisse per salvarla da ulteriori domande.

«Mi dovete delle spiegazioni.»

Teresa pronunciò quelle parole senza riuscire a dissimulare una certa impazienza. Maria alzò la testa molto lentamente, il suo sguardo sembrava perso nel vuoto; la vedova le toccò leggermente un braccio, ma la vecchia sembrava impietrita.

«Sono stanca di questo silenzio. Cosa ci facevate a casa mia quella notte, si può sapere?»

A quel punto, non riuscendo più a trattenersi, le parole di Teresa si tramutarono in un urlo.

«Parlate!»

La vecchia strinse gli occhi e guardò un punto in lontananza, il viso pallido e le spalle curve sul terreno. Teresa ansimava per riprendere fiato e, vedendo che l'altra non parlava, si girò verso la fontana per bere un sorso d'acqua. Oltre a loro due la piazza era deserta e il cielo iniziava ad annuvolarsi. Teresa si asciugò la bocca con la mano e tornò dalla vecchia, che aveva incrociato le braccia sull'addome e si lamentava ripetendo tra le labbra socchiuse un verso simile a una litania. Si dondolava avanti e indietro, coprendosi il viso con le mani rugose e affusolate, e all'improvviso sembrò accasciarsi a terra. Teresa allungò d'istinto le braccia per sorreggerla e la trascinò sul muretto in pietra, al lato dell'entrata. Maria smise piano di tremare ma il suo fiato sembrava pesante, come dopo una lunga corsa.

«L'ho visto...» disse, guardando Teresa in faccia per la prima volta. «I vestiti, giù al fiume... era tutto buio... Bruno è uscito dall'acqua... come un cadavere... poi ha detto...» disse impaurita. «Ha detto...» ripeté, senza finire la frase.

Riprese piano il lamento per qualche secondo, tappandosi gli occhi con le mani prima di continuare in un sussurro. «*Dille di chiudere bene tutte le finestre.*»

Dopo quelle parole, Maria ammutolì all'improvviso. Tornò a guardare in basso, e i suoi occhi sembravano di nuovo persi nel vuoto.

«Ma non era lui... il diavolo era... don Giuseppe ha ragione. *Fiat su dimoniu...*»

La vecchia iniziò a dondolarsi avanti e indietro, lasciando il muretto per tornare verso la strada.

«Aspettate!»

Teresa fece qualche passo ma si fermò, sconfitta dal caldo. Maria invece si voltò all'improvviso per allontanarsi, ripetendo solo quelle due parole.

«*Su dimoniu... su dimoniu...*»

Teresa la fissò da lontano percorrere a ritroso la strada verso *su cuccuru*, mentre l'azzurro del cielo diventava grigio e l'ipotesi che le sue urla non fossero passate inosservate si trasformava nell'unica, vera certezza della giornata.

## 10.

La permanenza dei carbonai per una seconda stagione fu accolta di buon grado da tutto il paese: Rita gestiva la taverna e si fermava sempre più spesso a dormire in casa Murru per aiutare la vedova con i bambini; Tore, quando non era indaffarato a gestire la stalla o la raccolta di olive giù ai campi, andava a fare rifornimenti al mercato e Teresa dedicava le giornate a sistemare l'emporio, servendo un'esigua ma frequente clientela. Avere la giornata occupata le permetteva di distrarsi, ma il suo bisogno di risposte, invece che diminuire, cominciava a suscitarle ulteriori e più complicate domande. Dopo qualche tentennamento, Tore l'aveva convinta che il sogno di Maria era stato un delirio tra tanti, e che come tale andava ignorato. Anche il mistero del furto dell'asino a casa Locci era stato risolto in breve tempo; il colpevole – un ladruncolo famoso nella zona per essere in fuga dai carabinieri già da qualche mese – era stato fermato da Efisio e condannato a cinque anni di galera giù in città. I discorsi di Maria e Tommaso sembravano piuttosto campati per aria, ma avevano lasciato alla donna una sensazione strana.

Quella mattina, mentre Teresa era intenta a servire Annedda e Miriam passate all'emporio per un po' d'olio, Giovanni e Carlo varcarono l'ingresso e si fermarono dietro le donne, in silenzio. Quando quelle se ne accorsero, piegarono brevemente il capo in segno di saluto.

«*Saludi a tottus*», disse Carlo togliendosi la *berritta*. Giovanni fece un cenno rapido a tutte e tre e nel mentre iniziò a ispezionare il locale.

«Buongiorno», risposero Annedda e Miriam in coro.

«Vi trovo bene Teresi'. Avete fatto qualche nuovo acquisto? Avremmo proprio bisogno di una scure per il taglio», disse Giovanni.

Le due donne si lanciarono un'occhiata eloquente e Teresa si voltò per dare un'occhiata agli attrezzi in fondo al locale. Giovanni nel mentre aveva già raggiunto la parete per prenderne uno.

«Proprio questa *mi'*», disse, agitando la scure a mezz'aria per mimare un taglio.

«Attento!» urlò Carlo, cercando di afferrargli il braccio. L'arnese sbatté contro una cassetta lì accanto e rovesciò metà della frutta sul pavimento. Alcune mele iniziarono a rotolare per il negozio e Annedda, seguita dalla perpetua, si portò una mano alla bocca per soffocare qualcosa a metà tra lo spavento e la risata. Carlo guardò l'amico con aria furiosa mentre Teresa, senza scomporsi, si abbassò carponi per raccogliere le mele da terra. Per un attimo il velo nero che portava sul capo le scivolò di lato, lasciando intravedere sull'orecchio destro un pendaglio d'oro a forma di piccolo rombo. Carlo non se ne accorse, intento a fulminare l'amico con gli occhi, ma Giovanni fu distratto da quel luccichio per qualche secondo; poi vide cosa aveva combinato e sghignazzò.

«Bella, ci serve proprio. Tre di queste, ne avete?» chiese a Teresa.

«No», disse la donna, riponendo l'ultima mela nella cassetta. «Ma posso chiedere a Tore di dare uno sguardo al mercato, la prossima settimana.»

«*Eja eja*, chiedeteglielo. Intanto ci prendiamo questa e facciamo un po' a turno.»

Carlo intanto fissava la vedova con aria colpevole. «Ora ce ne andiamo. Scusate il disturbo.»

Annedda si girò di scatto e sussurrò qualcosa alla perpetua.

«Nessun disturbo», rispose Teresa seria. Giovanni a quel punto, mettendosi l'attrezzo in spalla, guardò prima la vedova e poi la porta.

«E Rita? Già in taverna è?»

La vedova annuì, contraendo il viso in un inutile tentativo di mostrarsi calma.

«La vado a salutare allora, grazie ancora», disse, indicando la scure. «A proposito begli orecchini, vi stanno bene», aggiunse poi, prima di uscire.

Teresa si portò istintivamente una mano sul velo e la punta dell'orecchino le punse un polpastrello. Ritrasse la mano con una smorfia e guardò in basso, mentre Carlo la fissava incuriosito.

«Anche noi andiamo. Buona giornata», disse alla fine Miriam, stringendosi nello scialle prima di fare un cenno all'amica. Le due uscirono ma Carlo non si mosse.

«Vi serviva qualcos'altro?» chiese allora Teresa, sperando che lui cogliesse l'occasione al volo per andarsene.

«Niente, a parte farvi compagnia», rispose. Gli angoli ai lati degli occhi gli si strinsero in delle rughe simili a piccole ragnatele, e Teresa – per scrollarsi di dosso quell'attenzione non richiesta – si voltò fingendo di sistemare lo scaffale dietro il bancone.

«Li avete comprati da poco gli orecchini?» chiese Carlo, prendendo una mela dalla cassetta e lucidandola sulla giacca.

«Non dovevate partire?» rispose lei, sviando la domanda facendone una a sua volta.

«Abbiamo avuto qualche imprevisto», disse l'uomo con un sorriso. «Quindi», aggiunse poi, mordendo la mela con uno schiocco, «quando vi fidanzate con me?»

La donna sbarrò gli occhi senza voltarsi. Si accorse all'improvviso di essere seccata dalla continua confidenza che Carlo si prendeva senza permesso, ma in maniera ugualmente efficace, quell'interesse la stuzzicava modellando il suo orgoglio in qualcosa di simile alla vanità.

«Si è fatto tardi, devo preparare il pranzo», rispose.

«Lo sapevo che avreste detto così», disse Carlo, raggiungendo il bancone per bloccarle l'unica via d'uscita. «Perciò vi ho scritto questa.»

Tirò fuori un foglio sgualcito, piegato a metà e sporco del nero che le sue dita avevano lasciato accanto a un nome.

«Visto che scappate sempre...» La fissò con un sorriso timido. «Promettetemi che la leggerete.»

La donna non rispose.

«Prendetela, per favore», disse Carlo, tendendo la mano. Teresa esitò ancora per qualche secondo, poi alzò lentamente il braccio e prese il foglio senza dire nulla. L'uomo, soddisfatto, fece qualche passo indietro per liberarle il passaggio e tornò serio.

«*Tocca*, vado a recuperare Giovanni che Tommaso ci aspetta. Ci vediamo presto», disse, rimettendosi la *berritta* grigia in testa prima di uscire.

Teresa rimase dentro il negozio a fissare la strada, poi il foglio, e poi nuovamente la strada. Alla fine fece scivolare la lettera dentro la tasca della gonna, si tolse il grembiule e si chiuse la porta del locale alle spalle.

Quella notte, dopo essersi infilata la vestaglia, la vedova accese una candela sul comodino e rovistò nella gonna in cerca della lettera. La avvicinò alla luce fioca della fiamma e le sue mani, che prima di quel momento avevano affrontato compiti ben più pericolosi, sembrarono improvvisamente andare per conto loro senza seguire la testa, che le comandava in un sussurro quasi impercettibile di mettersi a dormire. Un leggero alone di luce circondava il letto, mentre il resto della stanza era avvolto nel buio. Teresa si guardò intorno più volte, fino a che non le parve di scorgere l'ombra corrucciata del marito che la fissava. Il suo sguardo era rigido e inespressivo, come per convincerla a rispedire il foglio al mittente. Per qualche giorno, dopo il funerale, Bruno le aveva fatto visita tutte le notti; e ora, mentre stringeva di nuovo la mano del marito in mezzo al buio, il fatto che il suo corpo esile e stanco fosse di nuovo lì nel loro letto sembrava quasi certezza.

Non appena sbatté le palpebre, però, Bruno sparì e al suo posto, dalla finestra aperta, uno spiffero invase la stanza. La donna si alzò per chiuderla e tornò sul foglio. Lo aprì lentamente, e notò che la scrittura di Carlo era impacciata e arrogante insieme, proprio come il suo modo di corteggiarla. C'erano varie cancellature e non tutte le parole erano ben leggibili, ma rimase per un po' a studiare la forma allungata di alcune lettere che le sembravano scritte con la stessa cura che le sue mani usavano per cucinare. Teresa sapeva, sin da quando l'aveva ricevuto, che non avrebbe potuto leggere quel messaggio da sola.

Da piccola aveva imparato a far di conto grazie all'aiuto del signor Collu, ma era la prima volta in vita sua che vedeva un testo così lungo. Si aspettava una frase semplice, ma le righe di quel foglio dovevano nascondere dei pensieri ben più articolati. Decise che si sarebbe recata a casa di Gavina, l'unica della quale si fidava senza riserve; avrebbe scomodato lei per sostituire con dei fatti le sue supposizioni. Sicura di aver preso una decisione importante e impaurita che qualcosa dentro di lei iniziasse davvero a vacillare, si addormentò dopo aver fatto respiri profondi, per recuperare un po' di ossigeno dopo una giornata vissuta in apnea.

La mattina dopo si vestì e fece colazione più in fretta del dovuto. Il suo malumore mattutino colpì prima Maddalena – che si era lamentata parecchio prima di alzarsi dal letto – e poi Rita – colpevole di aver lasciato sfreddare il latte in cucina – senza lasciare a nessuna delle due il tempo di reagire. Perfino Tore se ne accorse, quando lo raggiunse sul retro per avvisare che sarebbe uscita.

«Come state?»

«Come sempre. Vado via per qualche ora.»

«Dove?»

«In giro. Ho da fare.»

Tore aggrottò le sopracciglia con aria perplessa.

«L'emporio rimane chiuso finché non torno. A Rita ho già chiesto di preparare qualcosa per pranzo.»

«Va bene, ai bambini ci penso io.»

Poi, dopo una pausa, aggiunse: «Sicura che state bene?».

«Dai che ho fretta. Torno presto.»

Teresa andò via senza aggiungere altro e si coprì il fianco destro del vestito con una mano, a protezione della lettera. A parte qualche cane che abbaiava al vento, il paese era deserto. La strada per casa di Gavina era lunga, ma Teresa decise che godersi la passeggiata e dimenticare la fretta era il modo migliore per prepararsi a ricevere qualunque notizia.

Quella notte aveva dormito poco. Non appena aveva chiuso gli occhi, la camera da letto si era trasformata nell'ingresso del cimitero dove la settimana prima aveva incontrato Tommaso. L'uomo aveva ripetuto le stesse parole, ma alla fine non era andato via, era rimasto lì a fissarla. Poi, all'improvviso, la sua faccia si era dissolta in una macchia indistinta per ricomporsi in quella di Bruno. Aveva gli stessi occhi e gli stessi vestiti, ma una cicatrice nuova sull'indice della mano destra, che la spaventò a tal punto da arretrare con uno scatto non appena lui allungò un braccio per toccarla. Proprio in quel momento, si era svegliata di soprassalto.

Dopo quasi mezz'ora di cammino, sotto un'aria afosa ma ancora sopportabile, dovette fermarsi per riprendere fiato e pensare ad altro. Si era portata dietro un ventaglio dipinto a mano, verde scuro e con delle margherite su un lato, oltre alla lettera. Era il suo regalo per l'amica e un motivo in più per giustificare quell'incontro. Raggiunse la casa proprio quando il sole iniziava a picchiare di nuovo sul velo, e Gavina la accolse aprendo la porta in uno spiraglio. Quando la riconobbe, sorrise spalancando il portone.

«Tere'! Che ci fai qui?» disse, trascinando le pantofole di lana grigia sul tappeto con aria sofferente.

«Ciao Gavi'. Stai male?»

«La gamba fa di nuovo i capricci.»

«Spero di non disturbare», rispose Teresa, togliendosi il velo una volta varcato l'ingresso.

«Mi disturba solo chi vuole soldi», concluse l'altra, con un sorriso divertito.

Entrarono in cucina e Gavina mise a bollire l'acqua per il caffè. Parlarono per un po' del più e del meno, e Teresa si finse di buonumore fino a che il brontolio della pentola non si quietò, ricordandole del ventaglio.

«Ah, mi son dimenticata di darti questo», disse, alzandosi in piedi per infilare una mano nella tasca della gonna.

«No Tere', non dovevi!» esclamò Gavina appena vide il regalo.

«Era il minimo. Dopo il funerale, se non fosse stato per te...»

«*E bai tocca!* Ero sicura che ce l'avresti fatta. Così è la nostra razza, forte come la roccia.»

Gavina prese in mano il ventaglio e passò con delicatezza un indice sui fiori dipinti. Lo aprì ruotando il polso e fece per sventolarsi.

«Adesso sì che mi posso vantare come si deve!»

Entrambe risero, ma l'amica notò che Teresa si fece di nuovo pensierosa.

«Allora? Solo per portarmi questo sei venuta?»

La vedova guardò in basso, esitante.

«Devi dirmi cosa c'è scritto qui.»

Teresa prese il foglio dalla gonna e lo consegnò all'amica; Gavina alzò la mano in un cenno di attesa e andò a prendere dei piccoli occhiali rettangolari dalla mensola del camino. Poi tornò a sedersi e tese la mano per prendere il foglio. Lo aprì con cautela e lo richiuse subito.

«Tere', prima vorrei leggerla da sola. Va bene?»

«Sì, ma poi me la devi rileggere ad alta voce. Tutta dall'inizio alla fine, Gavi'.»

L'amica annuì seria e fece un lungo sospiro, poi inforcò gli occhiali e tornò a fissare il foglio. Rimase a leggere per un po', mentre a Teresa bruciavano le palpebre nel tentativo di non perdersi alcuna reazione. Gli occhi di Gavina andavano su e giù senza sosta, e quando Teresa capì che una prima lettura era finita – e forse anche una seconda e una terza – non riuscì più a trattenersi.

«Allora?»

Gavina alzò gli occhi e fissò l'amica con uno sguardo che poteva contenere mille significati diversi, o forse nemmeno uno. Sospirò ancora e iniziò a leggere con calma.

*Prenda mia,*
*mi tocca scrivere perché ogni volta che parliamo tu non mi lasci finire. Ti ho voluta dal primo giorno che ti ho visto, ma ho aspettato e rispettato a tuo marito, che da uomo a uomo alcune cose non c'è bisogno di dirsele. Anche se ti arrabbi lo so che mi vuoi pure tu. Se diventi mia moglie non devi più preoccuparti di niente, penserò io a tutto. Sarò l'uomo di casa e un padre come si deve. Non mi piace aspettare tanto, però. Se non ti decidi in fretta poi perdo la pazienza. Dimmi di sì, e fallo presto.*
*Con amore,*
*Carlo*

Gavina lesse tutto d'un fiato, e anche Teresa trattenne il respiro finché non sentì l'amica pronunciare quel nome. Gavina sollevò gli occhi in direzione di Teresa, che guardava in basso per non vacillare – come se fosse atterrata bruscamente su un altro pianeta e il suo corpo avesse perso gravità.

«Tere', *po caridadi,* bruciamo questa cosa e facciamola finita», commentò Gavina con tono deciso. «A questo più gli dai corda, più lo convinci che ha ragione. Lascia perdere», disse, alzandosi piano dal tavolo per raggiungere il lavandino.

«Hai sete?» chiese porgendole un bicchiere d'acqua. Teresa non rispose, così Gavina svuotò il bicchiere con un unico sorso e lo riempì di nuovo. Teresa bevette controvoglia e deglutì a fatica; poi sbatté il bicchiere sul tavolo e affondò le mani chiuse a pugno nella gonna nera.

«*Prenda mia.* Così mi ha chiamato», disse. «Il suo tesoro, questo pensa che sono.»

I suoi occhi stretti si facevano sempre più grandi, di un giallo acceso. «E mi minaccia pure», continuò, girovagando per la stanza. Gavina ne assecondava i pensieri scuotendo la testa.

«L'ho persa io, la pazienza. Non gli ho mai dato più confidenza di quella che si prendeva con la forza», disse lasciandosi cadere di nuovo esausta sulla sedia. «Bruno aveva ragione.»

Poi il silenzio calò sulla stanza, e Gavina attese qualche secondo prima di parlare.

«Ci hai creduto per un attimo, non è vero?»

«A cosa?»

«Che potesse funzionare.»

Teresa non rispose, ma una punta di orgoglio ferito le comparve sfuggente tra le sopracciglia in forma di piccola ruga. Gavina capì di aver fatto breccia nella vergogna dell'amica ma non aggiunse una parola. Cambiò discorso e attese che lo sguardo di Teresa tornasse sul suo in cerca di aiuto, con l'aria di chi ha pensato troppo senza concludere nulla.

«Che faccio?»

«Torni a fare le cose tue, ecco cosa fai. La lettera l'hai persa non si sa dove, non sai cosa c'è scritto e nemmeno te ne importa.»

«Non ci crederà mai.»

«E tu glielo ripeti finché non si arrende. E se insiste gli dici: "No, grazie". Questo gli dici. Se ne farà una ragione.»

Le due donne rimasero a rimuginare finché non fu ora di pranzo e Teresa si avviò verso casa, sperando che Rita avesse già pensato a tutto.

«Questa me la porto via», disse, rimettendosi il foglio in tasca.

«Falla sparire Tere'. È pericolosa», disse Gavina sulla soglia di casa, reggendosi alla maniglia con un braccio per alleggerire il peso della gamba malata.

«Come si fa, Gavi'?» le domandò Teresa, voltandosi oltre la porta.

«A fare cosa?»

«A non cedere.»

L'amica distese la fronte con aria fiera.

«Si resiste, Tere'. A tutti i costi», rispose, sollevando le sopracciglia. «Lo sai che non ho mai lasciato il paese? Nemmeno una volta. Il mondo me lo vedo da casa, e mi basta. E certe cose forse è meglio non saperle proprio, che *chi va a dormire coi cani, si sveglia pieno di pulci.* Ho sposato la libertà quando ero piccola e non me ne sono mai pentita. Resistiamo Tere', perché è così che siamo fatte. Meglio sole intere che accompagnate da uomini a pezzi. *Tocca,* vai che è tardi adesso.»

Teresa sorrise, le strinse forte la mano e si rimise il velo sulla testa prima di uscire. Il portone si chiuse alle sue spalle sigillando le parole dell'amica in una nuvola evanescente – informe come le loro confidenze ma densa quanto un abbraccio.

# 11.

Teresa riaprì la taverna nel tardo pomeriggio e si dedicò alle mansioni mattutine che aveva rimandato a causa dell'incontro con l'amica: spazzò il pavimento, sistemò i tavoli e accese il camino prima di tornare in cucina a iniziare i preparativi della cena. Poco dopo, Biccu varcò la soglia per festeggiare con gli amici la notizia dell'arrivo di un quarto nipote e, dato l'entusiasmo, il gruppo si trattenne più a lungo del previsto.

«Offro io stasera! Brindare alle belle notizie, questo si deve fare. Per quelle brutte c'è il resto della settimana», disse il vecchio, sollevando un bicchiere pieno in direzione degli amici.

Quelli ricambiarono scolando il proprio, prima di fissare la bottiglia vuota sul bancone e chiederne ancora.

«Tore, bevi anche tu», disse Biccu barcollante, dando all'uomo una pacca sulla spalla.

«Meglio di no, grazie», rispose lui, alzando la mano.

Quel rifiuto non sembrò scalfire il buonumore del vecchio, che gli si avvicinò con un altro passo.

«Ti dico un segreto *mi'*», disse, circondandogli le spalle con un braccio. «La verità delle verità...»

«*E bai*, che non ne dici una vera da quando hai iniziato a camminare», lo canzonò Elio alle loro spalle.

«*Cittidì tui!* Senti a me, Tore», disse, tentando invano di sussurrare per non farsi sentire. «La verità è che ci piace fare i signori. A me, a te, e pure a questi disgraziati qui dietro. Ma alla fine siamo tutti colpevoli, nessuno escluso. È vero o no che viviamo in paradiso? Quest'isola somiglia al giardino della Bibbia, te lo dico io. Quando mi siedo giù al fiume, con il belare lontano del gregge, il fruscio degli alberi e il vento sulla fronte, *ah, 'ta cosa bella.* Mica ci serve altro, giusto? E invece no!»

Il braccio di Biccu fece atterrare il bicchiere vuoto sul bancone con un tonfo secco. «Non siamo mai contenti! Vogliamo sempre di più, sempre di meglio. Ma un terreno che non fa frutto, a niente serve! Questa è la verità, che viviamo in paradiso, ma se non stiamo attenti ci moriamo dentro. E finisce che da un giorno all'altro diventa un inferno maledetto.»

Le sopracciglia del vecchio, mentre parlava, si erano curvate all'ingiù rendendogli l'espressione triste; all'improvviso, l'emozione di poco prima sembrò svanire. Si portò il bicchiere alla bocca e la sua lingua attese l'ultima goccia di vino nel silenzio della sala. Poi, prima che qualcun altro potesse parlare, si raddrizzò come scosso da un brivido.

«Ma a cosa serve lamentarsi? Meglio ubriachi ma felici, che anche all'inferno gli ospiti vanno trattati a dovere. E oggi siete tutti ospiti miei! *La casa è piccola, ma il cuore è grande.* Portateci altre due bottiglie, Teresi'!»

Un ruggito di approvazione risuonò per la sala, segno che alla serata era stato appena evitato un finale drammatico. Teresa poggiò altri due fiaschi di rosso sul bancone e fissò il gruppo con aria rassegnata, prima di sparire sul retro.

La taverna cominciò a riempirsi, e mentre qualche invitato alla bevuta si era assopito con le guance in fiamme, qualche altro era tornato a casa per smaltire la sbornia con una passeggiata. Dall'ingresso apparve a un tratto Giovanni, con aria preoccupata. Tore, rimasto al bancone a mangiare, lo vide venirgli incontro tra i tavoli.

«Rita dov'è?» chiese il ragazzo, girovagando con lo sguardo in cerca della fidanzata.

«Non lo so. Perché?»

«Niente. Se la vedi dille che la aspetto fuori», aggiunse in fretta, prima di voltarsi e tornare da dove era venuto.

L'aria fredda, filtrata poco prima dal portone aperto, svegliò un amico di Biccu rimasto addormentato davanti al camino. Il suo bacino aveva deformato l'imbottitura in vimini della sedia a tal punto da sfiorare il pavimento, e nel tentativo di alzarsi l'uomo urtò per caso un tavolo. Due anguille arrosto ordinate dai Cannas poco prima caddero per terra, e il rumore di terracotta infranta fece voltare tutti i presenti. Quello, ancora ubriaco, cercò di scusarsi alzando una mano e piegò le labbra in una smorfia nauseata prima di uscire dalla sala, accompagnato dalla risata lenta di Biccu. Quando il vecchio si ricompose, alla folla seria lì intorno era passata anche la fame.

«Cosa avete da guardare? Sto benissimo», disse con aria infastidita, alzandosi a fatica dalla sedia. «E ridete un po', che non si ride mai in questo paese maledetto. Nemmeno quando c'è da festeggiare si può tornare a casa contenti.»

Biccu spinse infastidito l'anta del portone e raggiunse l'amico; la sua testa ciondolava ma il suo corpo era immobile sul muretto in pietra, al lato dell'ingresso. Si asciugarono entrambi le labbra secche con il dorso della mano prima di scambiarsi uno sguardo deluso, segno che la serata era finita. Poi, senza dire nulla, iniziarono a ripercorrere la stradina sterrata che portava alla chiesa, uno accanto all'altro. Mentre Tore rimetteva in piedi il tavolo, scusandosi con i due per l'inconveniente, Rita emerse dalla cucina.

«Biccu e gli amici suoi», le disse Tore. «Teresa dov'è?» chiese, raccogliendo i resti del cibo da terra.

«Dentro, se volete la vado a chiamare.»

«No, tranquilla, ci penso io. Piuttosto, Giovanni ti cercava», rispose lui indicando l'ingresso con un cenno, i cocci di terracotta sporchi in mano.

Teresa offrì un dolce alla coppia per rimediare al danno e, mentre Tore finiva di pulire per terra, Rita rientrò in sala con aria turbata.

«È successo qualcosa?» le chiese.

«No, tutto a posto», rispose lei, distratta. «Torno subito», concluse poi, sparendo dietro la porta della cucina.

La ragazza trovò Teresa vicino alla credenza, intenta a ispezionare una *pardula*. La teneva tra il pollice e l'indice per non schiacciarla, sotto la luce calda della lampada. Una parte della pasta appuntita a forma di stella sembrava deformata e annerita, ma in realtà era il colore del ripieno a essere bucherellato in modo anomalo. La donna avvicinò la mano al viso, per controllare che il dolce non fosse marcio, e in quel momento una mosca uscì fuori dal cuore di ricotta e le volò sugli occhi.

«*Aggittoriu!*» urlò Teresa dallo spavento, lanciando la *pardula* in aria e portandosi la mano al petto prima di accorgersi di Rita.

«Sono andate tutte a male», disse poi, più a sé stessa che alla ragazza.

«Può succedere», rispose Rita, facendo qualche passo verso la vedova. La ragazza rimase lì in silenzio per un po', cercando il coraggio di fare una domanda scomoda che però non riusciva a trattenere. «Per caso Carlo vi ha dato una lettera?» chiese all'improvviso.

Teresa non rispose, ma nemmeno riuscì a trattenere la sorpresa. La ragazza si premeva le mani intrecciate sul grembiule con tanta forza che l'assenza di circolazione iniziava a crearle piccole chiazze bianche intorno alle nocche.

«Chi te l'ha detto?» rispose la donna, chinandosi per raccogliere il dolce da terra.

«Ho visto Giovanni, fuori dalla taverna. Era con Carlo, parlavano di una lettera. Li ho invitati a entrare, ma Carlo dice che dovete essere voi a farlo.»

Rita aveva rivelato quelle informazioni tutte d'un fiato, un po' per paura della reazione di Teresa un po' per soddisfare la sua curiosità di risposte. Tolto il brusio dei pochi presenti in sala, restava solo una lieve folata di vento ad agitare la tenda della finestra.

«Non mi dovete dire niente, se non vi va», aggiunse Rita. «So che non è affar mio, ma non c'è niente di male a volersi rifare una famiglia. Carlo vi vuole...»

Non fece in tempo a completare la frase che Teresa si alzò di scatto, andandole incontro con aria furente.

«Un marito ce l'ho già. Se i signori hanno bisogno di un invito per entrare, possono anche rimanere fuori. Se invece hanno fame siamo qui, il pane non si nega a nessuno. Loro dovrebbero avere più dignità, tu più rispetto. Adesso puoi uscire.»

La vedova aveva pesato ogni parola per essere certa che il messaggio arrivasse deciso e inaspettato quanto uno schiaffo. Poi tornò verso il tavolo, prese il vassoio di *pardule* e le buttò via insieme al resto degli scarti. Tornò in sala e chiese scusa ai Cannas per la cena fallimentare, promettendo che la settimana seguente gli avrebbe offerto il pranzo. La ragazza era rimasta immobile, impietrita dal viso di quella donna che spesso aveva visto stizzita e addolorata, ma mai così furiosa. Gli occhi di Teresa – il cui color miele si era fatto più acceso al sentire che lei sapeva qualcosa che non avrebbe dovuto – erano la prova che un momento così aveva bisogno di testimoni.

Nonostante la famiglia Murru le avesse dato tutto ciò che la sua non aveva potuto, bastò quel rimprovero a convincerla che il paese aveva ragione e che la padrona nascondeva qualcosa in più dei soldi. Tore si aggirava per la sala raccogliendo bottiglie di vino vuote, quando gli ultimi due presenti si misero la giacca e salutarono cordialmente prima di uscire. Rita lo aiutava senza parlare, stando attenta a non incrociare lo sguardo della padrona, ma a un certo punto sembrò ricordarsi che Giovanni e Carlo erano rimasti fuori ad aspettare. Si chinò di lato verso il portone ma non vide nessuno.

I carbonai, dopo quella sera, mutarono i loro modi gentili in una sfacciataggine insolita per dei forestieri, correndo il rischio che qualche compaesano si insospettisse notando il cambiamento. A Lolai, gli estranei venivano accolti subito di buon grado, ma senza un motivo valido per desiderarne la compagnia bastava poco perché anche le loro gentilezze giungessero a scadenza. Quello che in modo più memorabile, anni prima, aveva sancito il proprio ingresso nella comunità senza destare sospetti era stato un politico, nel giorno che tutti ricordavano come *sa die de s'incontru*.

Il signor Loddo, poi rinominato *tziu* Lodde per via di un'astuzia animalesca che lo faceva somigliare a una volpe, era figlio di sardi emigrati all'estero, tornato nell'isola per godere della fortuna accumulata negli anni. Qualche mese più tardi, però, un cancro gli aveva portato via la moglie incinta lasciandolo vedovo. Si era imbattuto in Lolai durante una notte piovosa di primavera e la parrocchia lo aveva accolto senza fare troppe domande. I giorni erano diventati settimane, le settimane mesi e i mesi due anni; a quel punto, l'uomo aveva deciso di investire i propri risparmi in un terreno e trasferirsi definitivamente in paese. Tutti lo trattavano con cortesia e rispetto, ma non era ancora uno di loro.

Quell'estate, rinvigorito dal calore estivo, *tziu* Lodde indisse una riunione a porte aperte nel salone parrocchiale. Salì su una sedia di legno pieghevole e parlò per il resto della giornata, senza fermarsi nemmeno per bere un sorso d'acqua. Raccontò di terre lontane e idee nuove con un fervore sconosciuto e contagioso, e sebbene nessuno capisse il vero nemico contro cui l'uomo inveiva – chiamando i presenti «compagni» e istruendoli su un essenziale ma poco evidente «bene comune» a cui ambire – continuò a parlare per ore, senza interruzioni. Quando si fece buio, tutti si sentirono improvvisamente parte di qualcosa di più grande; più grande di loro stessi, di quell'isola e forse dell'Italia intera. Realizzarono di aver scordato l'ardore e la gioia di una lotta per la parità, e senza rendersene conto tornarono a casa smarriti, ma ugualmente entusiasti. I resoconti rimasero confusi a lungo, ma nessuno poteva negare che fosse stato un evento unico: uno straniero era riuscito a convincere un'intera comunità che l'unica ragione valida per morire fosse il socialismo.

Tommaso, scoperte le gesta di *tziu* Lodde, decise insieme agli altri due che era arrivato il momento di fare lo stesso. Invece di un'assemblea decisero di organizzare un pranzo a loro spese, di lì a qualche settimana, aperto a tutti. Su in foresteria non c'era molto tranne un lungo tavolo in legno e un catino per l'acqua corrente, ma sarebbe stato abbastanza per una domenica di festa. Quel gesto poteva sembrare bizzarro, persino incosciente, ma era spinto da un'esigenza di adozione che il paese, ogni giorno di più, sembrava pronto a concedergli.

Nonostante fosse ancora fine estate, dalla sommità della collina giunse un'aria fresca e pungente che rese più difficile per i panni stesi asciugare in fretta, e necessario per gli uomini uno strato in più di vestiti dopo il tramonto. Il caldo aveva seccato i fiumi e alcuni campi della zona, ma ben presto le piogge ripresero senza sosta, rovesciando i vasi di piante grasse sui davanzali più esposti. Fu proprio lo sbattere dei vetri al primo piano di casa Murru, quella mattina, a svegliare Maddalena di soprassalto.

La bambina riemerse a fatica da un sogno che avrebbe voluto continuare per sempre, ancora insicura se ciò che aveva visto fosse reale o solo immaginato. Scendendo le scale che davano sulla cucina aveva notato il padre di spalle, intento a scaldare il latte su una grata vicino al camino acceso. Le era capitato solo una volta di vederlo sveglio così presto, ad armeggiare in quel santuario femminile senza sapere bene dove trovare zucchero e tazze per la colazione. Si sentiva un po' stordita ma felice, al pensiero che nessun altro a parte loro fosse presente.

Suo padre stava lì, curvo sul camino, in carne e ossa; eppure una malinconia strana, simile al cielo grigio prima del temporale, accompagnava i suoi passi sui gradini delle scale. Maddalena temeva che il tavolo, i muri della cucina e il babbo potessero svanire senza preavviso, facendole perdere l'occasione di sentire la sua voce. Poggiò piano la punta delle calze di cotone bianco sulle assi di legno, per non fare rumore, e studiò i dettagli della stanza con la precisione di un'investigatrice.

La cucina era senza dubbio quella di casa sua, ma il tempo aveva uno strano modo di assecondare lo spazio, e la cosa la stupì a tal punto che rimase immobile ancora un attimo, a osservare il padre da dietro l'ingresso. Sembrava stanco, ma di buonumore, come sempre. Stessi riccioli scuri arruffati e pantaloni grigi scoloriti, quelli con due tasche davanti e una dietro, i suoi preferiti. Lo vide fischiettare, arricciando le labbra, e recuperare una presina con la mano per afferrare il pentolino rosso smaltato del latte. Il resto del corpo si scosse in un tremito, mentre con una mano chiusa a pugno si copriva la bocca per attutire un colpo di tosse. Poi si voltò di profilo per cercare lo zucchero nella credenza, e Maddalena era sicura che i loro sguardi si sarebbero incrociati, ma nemmeno quel movimento la smascherò. Così decise di trattenere il respiro, fare qualche altro passo e sedersi al tavolo in silenzio. Non appena Bruno si girò reggendo il pentolino, la bambina lo chiamò con un sorriso.

«*Oh babbu!*»

L'uomo trasalì e il pentolino scattò all'insù rovesciando il latte a metà tra il tavolo e il pavimento. Al vederlo così, Maddalena si coprì la bocca con entrambe le mani per non ridere. L'uomo si toccò il petto per controllare che il cuore fosse ancora al suo posto; poi la fissò con aria severa.

«Cosa ci fai in piedi?»

«Non avevo sonno.»

«Peccato, potevo dormire io al posto tuo.»

La bambina sorrise, alzandosi dalla sedia e fissando il padre che versava il poco latte rimasto nella tazza.

«Dove vai?»

«A lavorare.»

«E quando torni?» chiese la bambina, prendendo un panno e chinandosi per pulire il latte rimasto a terra. Dopo qualche secondo di silenzio allungò il collo da sotto il tavolo; Bruno sembrava non aver sentito la domanda, continuava a soffiare sulla tazza e stropicciarsi gli occhi.

«Come?»

«Ho detto, quando torni?»

L'uomo la fissò per un attimo; poi lo sguardo serio gli si aprì in un sorriso così luminoso che alla bambina sembrò di non averne mai visti di simili.

«Perché, già ti manco?»

Maddalena lo guardò ma non rispose.

«Molto presto, comunque», disse Bruno.

La bambina non rispose, chinandosi di nuovo per terra.

«Cosa? Non ho sentito», chiese.

«Ho detto stai vicina a mamma. Aiutala mentre sono via.»

La bambina si fermò, raccolse il panno sporco da terra e si allungò di nuovo verso il tavolo.

«Lo sai che lo faccio se...»

La persiana della finestra sbatté violenta contro il muro della cameretta, lasciando le sue parole sospese in aria – insieme alla cucina, al padre e a quel momento solo loro, che la luce debole del giorno aveva inondato della stessa assurda nostalgia delle cose mai accadute.

Maddalena scese le scale ma al posto del padre, ad attenderla in cucina, c'era Teresa. Anche lei era di spalle, con il pentolino del latte in mano, ma si guardava intorno in cerca di qualcosa. Al contrario di Bruno, si voltò di scatto non appena la bambina scese l'ultimo gradino.

«Brava che sei sveglia, vieni ad aiutarmi», disse la vedova, notando un'aria assente nel viso della figlia. Maddalena sbadigliò per suggerire alla madre di darle ancora qualche minuto, ma Teresa fece finta di nulla e continuò a parlare indicando la credenza.

«Lì, nel primo cassetto, c'è la chiave del ripostiglio.»

«Dov'è?» chiese la bambina con uno sbadiglio.

«In fondo al corridoio. Sotto l'ultima mensola c'è una botte di legno. Apri lo sportellino e prendi due monete, vai da Tonio e chiedigli se te la riempie», aggiunse la madre, porgendo alla figlia una bottiglia di vetro vuota.

«Dagli i soldi in cambio e scusati per il disturbo, poi torna qui.»

La bambina rimase a fissare il vuoto, cercando di ripassare le istruzioni della madre.

«*Ajò*, fai presto!»

Teresa aveva fatto tre passi di lato, con il pentolino in mano, per prendere la chiave dal cassetto e darla alla bambina. Le ripeté di sbrigarsi e Maddalena annuì; poi uscì dalla cucina e percorse il corridoio stretto che portava al ripostiglio.

C'era una rientranza nel muro in fondo alla casa, dalla quale erano stati ricavati poco più di tre metri quadri non illuminati. L'abitacolo, pensato da Bruno come portascope, era chiuso da una leggera tenda in lino e Teresa l'aveva riorganizzato montando delle piccole mensole in legno a distanza regolare. Le aveva rivestite di provviste, attrezzi e piccoli oggetti da cucina in disuso, mentre sotto la mensola più bassa aveva incastrato una botte tonda in legno di quercia. Piena conteneva più di duecento litri di vino, ma Teresa l'aveva svuotata e riempita di ghiaia per un terzo. Il resto conteneva l'intera fortuna della famiglia Murru. Un vero *scrixoxu.* Nella parte laterale della botte, dove il legno era più sottile, era stato ricavato uno sportellino abbastanza grande da poterci infilare un braccio. Non era granché come cassaforte, ma abbastanza per evitare che qualcuno portasse via tutto senza essere visto.

Con il ricordo di quella colazione privata nel cuore e il residuo di sonno negli occhi, la bambina aprì senza interesse lo sportellino. Al vederne il contenuto, i suoi occhi furono attratti dal giallo dell'oro come una calamita e, dopo aver affondato le mani tra le monete, si accorse che il braccio non arrivava a toccare la ghiaia. L'idea di essere ricca, fino a quel momento, era stata reale solo nelle ore di gioco in piazza. Lei e altre bambine simulavano un mercato ogni domenica dopo la messa, facendo a gara per vendere ai piccoli quante più merci possibile; Maddalena, puntualmente, tornava a casa vittoriosa. Ma questa era la prima volta che quel concetto assumeva una forma tangibile, pesante e rotonda come quelle monete nascoste, alle quali la sua piccola mano si era unita senza alcuno sforzo.

Sentendo il richiamo brusco della madre dalla cucina, Maddalena chiuse il pugno tra le monete e tirò su il braccio; poi richiuse l'apertura della botte e lasciò il ripostiglio. Afferrò un piccolo scialle nero dalla gruccia all'ingresso, aprì il portone di casa e raggiunse la tenda a listelli davanti a casa di Tonio. La porta dava su un cucinotto con un tavolo, qualche sedia, e una riserva di bibite sotto la credenza. Maddalena trovò l'uomo curvo su dei bicchierini da liquore colorati e si schiarì la gola prima di parlare.

«*Saludi tziu* Tonio.»

«*Sa pippìa!*» disse l'uomo voltandosi. «Cosa ci fai qui di mattina presto?»

«Mi ha mandato mamma. Ci è finito il latte.»

«Aspetta che guardo se ne ho qui sotto», rispose l'uomo, aprendo lo sportello di legno della credenza.

«Tutto bene?» chiese poi con aria poco interessata.

«Certo», disse la bambina.

L'uomo si alzò, reggendo un contenitore in ferro sigillato da un tappo.

«Eccolo qui. Dammi la bottiglia che te la riempio.»

Maddalena poggiò la bottiglia vuota sul tavolo e si

guardò intorno, mentre Tonio versava il latte piegando il recipiente in avanti.

«Grazie. Mamma mi ha dato questi per scusarsi del disturbo», aggiunse, tirando fuori dalla tasca della giacca due monete luccicanti con aria soddisfatta, ma altre quattro scivolarono per sbaglio a terra. Tonio fissò il denaro per qualche secondo; il suo sguardo andò verso la bambina, e poi di nuovo alle monete.

«Sono tanti soldi.»

Maddalena rimase in silenzio per qualche secondo, imbarazzata.

«La mamma ti ha detto da dove li ha presi?» chiese l'uomo.

«No», rispose piano Maddalena.

«Ne avete tanti altri?»

Maddalena annuì con un sorriso.

«Vanno tenuti al sicuro da qualche parte», aggiunse Tonio.

«Sì, infatti. Ma li abbiamo nascosti bene», disse la bambina, raccogliendo il denaro da terra. Poi afferrò la bottiglia di latte dal tavolo e ci poggiò sopra le due monete.

«Mamma vi ringrazia e si scusa per il disturbo. Arrivederci», disse in fretta, prima di uscire.

«Ciao *sa pippìa*. Salutami a mamma», rispose Tonio, seguendo la bambina con lo sguardo finché quella non sparì dietro la tenda.

Dopo qualche minuto, mentre l'uomo aveva ancora lo sguardo fisso sulle monete, don Giuseppe oltrepassò l'ingresso.

«Buondì», disse il parroco, togliendosi il cappello nero scolorito per poggiarlo sul tavolo.

«Oh, salute don Giuse'», disse l'uomo con aria sorpresa. «Venite per l'offerta di domenica? L'ho messa qui dietro, vado a prenderla.»

Tonio uscì dalla cucina e il parroco, in piedi di fronte al tavolo, fissò per un po' le monete senza parlare. Poco dopo, con passo lento e aria ancora assonnata, pure Elio entrò in casa scostandosi la tenda di lato. L'omaccione si grattava la barba con una mano ma strabuzzò gli occhi non appena vide le monete.

«E queste? Le ha rubate Tonio dalla sacrestia, non è vero don Giuse'?» disse con un ghigno, facendo qualche passo verso il tavolo.

Tonio nel frattempo era rientrato in cucina con una cesta di frutta in mano.

«No, me le ha date la figlia di Teresa per una bottiglia di latte.»

Gli altri due si fissarono in silenzio.

«Ah sì? Meno male che ne avevi una scorta allora», disse poi Elio.

«Gliene sono cadute per sbaglio altre dalla tasca.»

Don Giuseppe continuava a fissare le monete, mentre Elio scoppiò in una risata fragorosa.

«Sei un bastardo fortunato allora, ecco cosa sei!»

Gli altri due non risposero, ma si guardarono con aria incuriosita.

«Non aveva chiesto un anticipo ai carbonai?» continuò Elio.

«A quanto pare ne hanno molti di più. Me l'ha detto la bambina», rispose Tonio, poggiando la cesta delle offerte per terra. Dopotutto si trattava di denaro, e se per molto meno il paese non riusciva a mantenere il silenzio, questa volta a maggior ragione era necessario discuterne.

«Anche a me ne servirebbero un po' per comprare un asino nuovo, che il mio sta per andare all'altro mondo. Dite che posso chiedere a lei?»

Elio parlò a metà tra lo scherzo e l'ipotesi di un affare. Don Giuseppe continuava a fissare le monete, reggendosi il mento con le nocche nel tentativo di rimettere insieme i pezzi mancanti della storia.

Se c'era qualcuno che sapeva tutto in paese, quello era il parroco; ma nessuna delle fedeli parrocchiane gli aveva accennato della somma che la vedova aveva chiesto ai carbonai. Qualche settimana prima, però, l'uomo aveva incrociato Carlo all'uscita della messa e lui gli aveva detto che Teresa sembrava pronta per fare un acquisto importante. I tre si erano occupati di consegnare il pagamento per conto della compagnia, ma lei non li aveva invitati a entrare. Prima di chiudergli il portone in faccia, Teresa aveva chiesto a Tore di portare i soldi sul retro e Giovanni aveva scoperto da Rita che quella somma era solo una parte della ricchezza che la famiglia Murru custodiva gelosamente in qualche angolo remoto della casa.

Carlo gli aveva riferito la notizia senza enfasi, e don Giuseppe sapeva il perché. L'uomo le si era dichiarato ufficialmente con una lettera e, sicuro che alla fine lei avrebbe accettato la proposta, non voleva agitarla ulteriormente. L'idea di un matrimonio come quello era una notizia a cui sarebbero cresciute le ali in un attimo, ma Carlo non voleva affrettare i tempi e chiese al parroco di mantenere il riserbo. Anzi, gli propose con tono impacciato di mettere lui stesso una buona parola per convincerla ad accettare, senza farsi pregare troppo. In cambio avrebbe fatto un'offerta generosa alla parrocchia e a un Dio sul quale si poteva ricredere volentieri, vedendo realizzato il suo desiderio. Don Giuseppe non si era chiesto se la versione dei fatti o le intenzioni dell'uomo fossero sincere, ma piuttosto come intervenire per la buona riuscita di quel progetto.

«Ci parlerò io, tanto dovevo già passare a trovarla», disse il parroco. «Ne approfitterò per fare qualche domanda.»

Poi si rimise in testa il cappello nero, prese la cesta fra le braccia e si congedò dagli altri due, promettendo di fare come avevano concordato.

# 12.

La mattina seguente, mentre il sole illuminava di sbieco le fronde degli alberi ancora assopiti, il portone di casa Murru tremò leggermente sotto il doppio colpo di una pietra color magenta, incastonata in un pesante anello dorato. La nocca destra della mano di don Giuseppe nascondeva dietro un gesto cortese la volontà, ben più calcolata, di interferire ancora una volta nella vita di casa Murru. Il prete attese di sentire qualche movimento, ma non avendo risposta si voltò e ridiscese la strada per tornare verso la chiesa. La voce pacata di Rita, però, così sottile da sembrare lontana chilometri, emerse a un tratto dal portone.

«Prego, don Giuseppe, siamo svegli!»

Il parroco abbassò gli occhi e alzò una mano in segno di scuse, prima di voltarsi e tornare verso casa Murru. Non appena varcò la soglia, lo attraversò il pensiero che l'ultima volta in casa Murru era stata la lunga notte di Bruno in fin di vita. La sua breve confessione si fece largo nella memoria dell'uomo, mentre Rita lo precedeva lungo il cortile; così sovrappensiero, il parroco fissò il retro della stalla dal quale non sembrava provenire alcun suono.

«Cercate Tore? È uscito presto, oggi è giorno di mercato», disse la ragazza.

«No, in realtà cerco Teresa. Ma solo se non è troppo disturbo.»

«Ieri non è stata tanto bene, ma si è ripresa in fretta.»

«Posso sempre ripassare...» disse il parroco, proprio mentre il viso di Teresa spuntava dalla cucina.

«Scusate, don Giuseppe, non immaginavo una visita a quest'ora», disse la donna sistemandosi i capelli con un sorriso imbarazzato. Aveva il viso stanco e gli occhi leggermente gonfi, ma la sua pelle liscia e ancora abbronzata luccicava come il profilo dorato di una montagna un attimo prima del tramonto.

«Gradite un caffè?» chiese Rita quando furono entrati in cucina.

«Grazie», rispose il parroco.

Teresa spostò una sedia al lato del tavolo e invitò il prete a sedersi.

«Rita mi diceva che siete stata poco bene», disse lui, incrociando le mani sull'abito.

«Sì, dev'essere qualcosa che ho mangiato ieri. Oggi va meglio, ma non me la sento di uscire.»

«Anche il Signore si è concesso un giorno di riposo», aggiunse don Giuseppe alzando un angolo della bocca. «Con tutto quello che c'è da fare...»

«Non mi lamento. Alcuni giorni è dura, ma pian piano ci si abitua», disse la vedova.

Rita recuperò due tazzine dalla credenza, versò il caffè e lo porse al parroco, che ringraziò con un cenno.

«Attraversando il cortile mi è tornato in mente Bruno», continuò l'uomo bevendo un sorso. Poi guardò Teresa negli occhi, con aria solenne. «Era un brav'uomo. Quella notte, di fronte al Padre, si pentì davvero. Era preoccupato per voi e i bambini, non voleva deludervi. Dovete essere fiera di vostro marito, Teresa, dell'uomo e del padre che è stato.»

A quelle parole, la fronte tesa della donna sembrò contrarsi nello sforzo di contenere la commozione. Anche Rita, impressionata da quella reazione, fissò allarmata il parroco non sapendo cosa fare. L'uomo annuì in silenzio verso la giovane, facendole segno che era tutto sotto controllo. Teresa si coprì il viso con le mani, per nascondere le poche lacrime silenziose scivolate sulle guance.

«Scusate.»

«Su, su, è passato adesso», disse don Giuseppe, ma la sua voce sembrò incepparsi nel tentativo di formulare la frase successiva. Quando riprese a parlare, il suo tono si era fatto greve e distaccato. «C'è un tempo per il lutto e uno per la gioia. E noi non siamo fatti per stare da soli», concluse, portando di nuovo la tazzina alla bocca. «So che avete dei nuovi progetti in mente», aggiunse.

Accompagnò quelle parole con una lunga pausa, per assaporare la sorpresa di Teresa e quella ancora più grande di Rita, arretrata nell'angolo opposto della cucina. La ragazza e il prete fissavano la vedova in attesa, finché quella non sollevò lo sguardo infastidita.

«Come dite?»

«Oh nulla, solo voci che girano in paese. Tommaso mi ha informato che avete ricevuto un anticipo dalla compagnia», aggiunse, guardandosi intorno per studiare la casa. «State pensando di fare dei lavori?»

Teresa tenne gli occhi fissi sul parroco per incrociare il suo sguardo sfuggente.

«Può essere.»

«Molto bene, l'importante è non perdere mai la voglia di cambiare», rispose don Giuseppe soddisfatto. «Era quello che avrebbe voluto anche Bruno», aggiunse poi, scandendo ogni parola con cura.

La vedova si mosse di scatto, unendo le mani in una morsa che avrebbe potuto schiacciare un insetto.

«Gradite un po' d'acqua?» chiese impassibile.

«No, grazie, sono a posto», rispose don Giuseppe continuando a fissarla mentre si avvicinava al lavandino.

«C'è una cosa che non vi ho mai detto sulla sua confessione.»

Teresa non si mosse, e il parroco socchiuse gli occhi fingendo di concentrarsi.

«Bruno mi disse che vi vedeva sempre arrabbiata, infelice. E ora che la situazione si fa complicata, qualunque offerta, seppure umile, vale la pena considerarla. Avete tre figli a carico, un lavoro stancante, gli affari da gestire. Non è una vita serena, non trovate?»

Teresa, di spalle al parroco, inarcò le sopracciglia prima di aprire le labbra in uno spiraglio.

«Tutte queste cose ve le ha dette mio marito?»

«Certo», rispose l'uomo, cercando di mascherare il fastidio di quella domanda. «Che cosa vorreste insinuare? Che ho mentito sulle ultime volontà di un moribondo?»

«Parlate chiaro.»

L'uomo la fissò con aria di sfida.

«Credo che dovreste sposare Carlo.»

Rita assisteva a quella conversazione incredula, realizzando che questa volta, al contrario di quanto accaduto con lei, le parole di don Giuseppe avevano fatto centro. Teresa non guardò lui, ma Rita, e la ragazza si voltò di scatto verso l'uomo, il quale fissava la vedova con il bicchiere d'acqua in mano. Nessuno dei tre ricambiava lo sguardo ricevuto, né sembrava pronto a parlare. Il silenzio fu interrotto solo da Francesco, Maddalena ed Emilio, che entrarono in cucina assonnati e si sorpresero nel vedere l'ospite. Rita allungò in fretta le mani sulle spalle dei bambini per accompagnarli fuori, ma Teresa la interruppe.

«Lasciali entrare», disse.

Emilio andò incontro alla madre e quella sorrise, prendendolo in braccio. Il parroco mise una mano sulla testa di Francesco, e la mascella di Teresa si irrigidì all'improvviso.

«Salutate don Giuseppe, è venuto per una visita ma sta andando via.»

Pronunciò quella frase con la stessa solennità che aveva usato l'uomo nel darle un consiglio non richiesto. Il parroco si alzò dal tavolo, dandosi una spinta con le mani per mascherare l'indignazione.

«Sì, in effetti si è fatto tardi.»

«Se chiedono in giro dite che non abbiamo bisogno di niente, ce la caviamo benissimo da soli», concluse con un sorriso forzato, che don Giuseppe ricambiò incassando il colpo.

«Buona giornata», rispose l'uomo.

Rita ripercorse il cortile accanto a lui, e quando entrambi furono davanti al portone, gli rivolse uno sguardo rassegnato.

«Ci ho provato anche io, ma non ne vuole sapere.»

Il parroco mise la mano su quella della ragazza, che reggeva la maniglia in ferro.

«Vedrai che cambierà idea, è solo questione di tempo. Vogliamo tutti il suo bene e quello dei bambini. Ma dimmi una cosa», disse, sporgendosi in avanti e abbassando la voce. «Sai da dove vengono tutti quei soldi?»

«Non ne sono sicura. La settimana scorsa parlava di progetti per ingrandire la casa, forse l'anticipo serviva per questo.»

«*Casa senza misura, casa senza fortuna.* Cerca di convincerla a conservarli, che organizzare un matrimonio può essere costoso.»

«Non mi ascolterà di sicuro.»

«Ho visto come ti guardava prima», la interruppe l'uomo. «Aspetta solo l'occasione giusta per mandarti via, ma si è scelta un ruolo che non le appartiene. D'altronde, la testardaggine è di famiglia. Prima o poi il cavallo imbizzarrito si riesce a domare. Basta avere pazienza.»

Don Giuseppe diede un altro colpetto alla mano di Rita e oltrepassò il portone.

«Stammi bene.»

Lei accennò un sorriso confuso e alzò una mano in segno di saluto.

La sera seguente, un'inaspettata bufera si abbatté sul paese. I limoni caddero dagli alberi e rotolarono giù per il selciato costringendo Tore, di rientro dalla trasferta, a fermare il carro prima che se ne incastrasse qualcuno sotto una ruota. L'uomo calmò l'asino spaventato accarezzandogli il muso e raccolse due limoni ammaccati da terra; poi si sollevò il colletto della giacca e trascinò l'animale lungo la salita. Teresa, quando fu vicino alla stalle, gli andò incontro sollevata.

«Ero preoccupata. Com'è andata?»

«Ho trovato quasi tutto. Manca solo qualche rotolo di spago, non ne avevano più», rispose Tore, cercando di convincere l'asino a seguirlo. Teresa fece un passo in avanti e lo strinse in un abbraccio.

«Vieni dentro, ho preparato l'agnello.»

I due si diressero in taverna e dentro trovarono i tre carbonai, i Locci, Biccu e Annedda, Miriam e le altre donne in attesa. Giovanni sventolò la *berritta* in segno di saluto, mentre Tommaso mandò giù il poco vino che aveva nel bicchiere e fissò entrambi senza dire nulla. Carlo invece si alzò non appena li vide entrare; si avvicinò borbottando un saluto imbarazzato e allungò la mano verso Tore. Non era mai capitato che il carbonaio lo salutasse in modo tanto formale, ma lui camuffò la sorpresa allungando la sua in risposta.

«Com'è andata al mercato?» chiese Carlo.

Tore piegò leggermente la testa in avanti.

«Meno male. Hai fatto bene a tornare prima del maltempo.»

L'uomo parlava fissando Teresa; poi alzò la mano destra sulla giacca, all'altezza del petto, come per prendere qualcosa dalla tasca.

«Teresina, posso...»

«La cena sarà pronta tra qualche minuto», disse lei brusca, dirigendosi in fretta verso la cucina.

Tore alzò piano le spalle e oltrepassò il tavolo dei carbonai, che borbottavano commentando la scena sottovoce. Carlo invece rimase in piedi a fissare la cucina.

«*Si ostina a pestare acqua nel mortaio. Ma acqua è, e acqua rimane*», sentenziò Tommaso a Giovanni, indicando Carlo con un dito e triturando un pezzo di agnello tra gli incisivi.

«L'amore è una brutta bestia. Ma cosa gli vuoi dire?» rispose Giovanni.

«L'albero va raddrizzato quando è piccolo, che dopo aver messo nodo non c'è più tempo.»

«*Lassaddu fai*», concluse Giovanni con un sorriso, mentre Carlo tornava a sedersi.

«Vedrai che alla fine tocca a me risolvere tutto, come al solito», disse Tommaso, leccandosi un indice unto con le labbra umide.

«Allora?» chiese Giovanni a Carlo, mentre quello si lasciava cadere sulla sedia con un tonfo secco.

«Aspetto che se ne vanno tutti. Dobbiamo essere noi due soli», disse piano l'uomo con aria agitata. «Se mi dice di no anche oggi...»

«Andrà bene», disse Giovanni dandogli una pacca sulla schiena. «Rita dice che anche don Giuseppe è passato a trovarla. Lo sa che non può rifiutare, siamo noi a darle da mangiare. *Tocca,* finisci di bere e rilassati.»

Carlo annuì poco convinto e il resto della cena proseguì senza intoppi. Teresa evitava il più possibile di farsi vedere in sala, e le poche volte che lasciò la cucina fu per chiedere a Tore se poteva portare altro pane in tavola. Evitava di guardare altrove, ma si sentiva gli occhi dei tre uomini addosso, ognuno a nascondere il proprio fastidio, ma tutti in attesa della prossima mossa. Quando gli ultimi pezzi di agnello sparirono dai piatti e l'ultimo sorso di vino vuotò i bicchieri, la clientela del locale salutò e si diresse verso casa. Anche Giovanni attraversò la sala e prese dalla giacca un paio di guanti in lana per ripararsi dal brutto tempo, che in quelle ore non aveva accennato a smorzarsi. Poi diede un colpetto al braccio di Tommaso, per suggerirgli di seguirlo fuori.

«*Ajò*, che rischiamo di fare l'alba.»

Tore infatti, stanco dal viaggio, aveva appena lasciato la sala. Rita salutò il fidanzato con un bacio e accompagnò i bambini a letto. Carlo giocava con le molliche di pane rimaste sul tavolo senza accennare ad alzarsi, mentre Teresa faceva avanti e indietro dalla cucina per sparecchiare. Appena tutti furono usciti, Carlo guardò la vedova sparire sul retro e tornare in sala con in mano una scopa.

«Fra poco chiudiamo», disse.

Carlo accennò un sorriso.

«Vi devo dire una cosa.»

Mentre parlava teneva un foglio tra le mani, e al vederlo la donna sgranò gli occhi.

«No, per favore...»

«Non è un'altra lettera. Guardate», disse l'uomo, camminando goffamente tra i tavoli per raggiungerla.

Teresa arretrò, aumentando d'istinto la stretta sul bastone. Un fetore nauseante di vino arrivava dalla bocca impastata di Carlo, e i suoi occhi erano arrossati dalla stanchezza. Nonostante avesse dormito poco in attesa di quel momento e si sforzasse di trattenere l'euforia, la sua impacciata ricerca di attenzione gli rimpiccioliva la statura, rendendolo quasi innocuo. La barba folta gli nascondeva la bocca, rivelando un incespicare insicuro che, per un attimo, alla donna fece quasi pietà.

«Quella che vi ho dato, l'avete letta?»

Teresa annuì sospettosa.

«Sapete che tutto quello che faccio, lo faccio per voi», disse, aprendo il foglio piegato a metà.

Teresa intravide la macchia inchiostrata di un timbro nell'angolo destro, e mentre Carlo parlava pensò che, qualunque cosa ci fosse scritta, non poteva essere peggio di una proposta di matrimonio.

«Io e Tommaso siamo stati fortunati. Non è facile accettare degli stranieri in casa propria, ma voi lo avete fatto sin dal primo giorno. Così sono andato al comune», disse.

L'uomo iniziò a leggere con voce slanciata e pomposa, e anche se si fermò in qualche punto per decifrare la scrittura del sindaco, Teresa capì che aveva chiesto e ottenuto un cambio di residenza. Il suo viso si increspò in numerose rughe sottili simili alle onde del mare in burrasca. Carlo alzò gli occhi dal foglio e le indicò uno scarabocchio nero accanto al timbro.

«Non avevo mai messo la mia firma da qualche parte.»

La donna era disperata e aveva le vertigini. Avrebbe voluto dirgli che, per tante ragioni, quella era stata una cattiva idea; solo, non sapeva come.

«Sei contenta?» chiese l'uomo, recuperando un po' di coraggio.

«Se qui vi trovate bene mi fa piacere. Ma la mia risposta rimane no», disse Teresa.

Il viso dell'uomo non si mosse, incredulo.

«Penso che ormai ci possiamo dare del tu», disse.

La sua espressione speranzosa di poco prima tornava esitante. Sembrava immune alla risposta della vedova, come se quel rifiuto fosse in realtà un gigantesco scherzo.

«Sei anche più bella, quando ti arrabbi», disse, grattandosi i baffi sopra il labbro superiore con un dito. «Lo so che all'inizio mi sono comportato male. Ma hai bisogno di un marito ora.»

«Non ho bisogno di niente», disse la donna, caricando la frase della stessa irriducibilità di una sentenza.

Carlo ripiegò il foglio e se lo mise in tasca. Poi fece un altro passo e le cinse le spalle con un braccio.

«Non voglio rimpiazzare Bruno. Voglio solo starti vicino», sussurrò, spostandole una ciocca di capelli dietro l'orecchio. Poi le afferrò il viso con forza e lo girò verso il suo per baciarla. Teresa, al sentire le labbra umide dell'uomo sulle sue, caricò le braccia sottili di tutta la forza che aveva in corpo e si dimenò per uscire da quella stretta.

«Non mi toccate!» urlò, agitando la scopa in aria. Carlo, che sembrava essersi improvvisamente svegliato da un sogno, le afferrò un polso con la mano e strinse finché la scopa non cadde a terra.

«Stai calma, stavo solo scherzando», disse senza lasciarle il braccio e portando la mano libera sui pantaloni. Teresa chiuse gli occhi d'istinto mentre l'uomo sbottonava con foga la braghetta, fingendosi incredulo. «Cos'è, inizi a fare la timida adesso?»

«Lasciatemi!» urlò forte Teresa e Carlo, preso alla sprovvista, mollò per un attimo la presa. La donna fece appena in tempo a raccogliere il bastone da terra che lui le aveva già sbarrato la strada, con i pantaloni aperti in vita e un ghigno soddisfatto sulla faccia.

«Andatevene via, tutti e tre. Non siete più i benvenuti», disse la donna indicando la porta.

«Guarda che se continui a fare così finisce male. Te l'ho chiesto in tutti i modi.»

Gli occhi verde oliva di Carlo ora si erano fatti piccoli e glaciali.

«Non ti sposerò mai, *miserabbili*», sussurrò la donna a denti stretti. Carlo rimase in silenzio, ma le mani gli si chiusero sui fianchi in due pugni.

«*Chi ti pighit su dimoniu, bagassa...*»

In quel momento Tore varcò l'ingresso, allarmato dai rumori sospetti, e trovò i due una di fronte all'altro: Teresa con il bastone della scopa in mano e Carlo di spalle, intento a riallacciarsi la cintura.

«Cosa è successo?» chiese Tore a Teresa, preoccupato. La donna non rispose.

Carlo si girò verso il tavolo e andò a recuperare la *berritta*. Poi se la mise sulla testa, sorrise a Tore e indicò la spalla di Teresa con un dito.

«Niente, stavo parlando con Teresina e all'improvviso le è caduto addosso un ragno dal soffitto. Ha urlato dallo spavento. L'abbiamo cercato ovunque, ma adesso non si trova più», disse calmo. «Sembrava pericoloso. Ho provato a schiacciarlo ma quello è sparito. Sarà per la prossima volta.»

Allargò le braccia in segno di resa, poi si diresse verso l'uscita.

«Buonanotte. Mi raccomando Teresi', attenta alle bestie», disse, sparendo dietro la porta.

# TERZA PARTE

## CREDIAMO NELLA GIUSTIZIA

## 13.

Una pioggia inaspettata si abbatté sul paese per nove giorni di fila. Alternava momenti così fitti da non lasciare più frutti sugli alberi, facendoli rotolare in discesa dopo un tonfo secco, ad altri in cui le gocce d'acqua, viste in controluce, parevano evaporare a contatto col terreno. Qualunque fosse la consistenza o l'intensità delle precipitazioni, quelle non accennavano a smettere per nessuna ragione. Lo scrosciare continuo liberava i tetti irregolari delle case dalle foglie secche dei noci e cullava i bambini verso il sonno, una volta sceso il buio. Era fine ottobre, e le ore di luce diminuivano con la stessa rapidità della voglia femminile di ritrovarsi in chiesa per i vespri. Al contrario dei paesini sulla costa dell'isola, per Lolai l'estate era poco più che un'agonia di afa interminabile; ma con l'autunno la temperatura iniziava a calare insieme alle corone dei girasoli nei campi, risvegliando nella gente la necessità di una ripresa – esigenza possibile perché successiva al terremoto mentale che era stata la sosta.

Tutti, complice lo scorrere dell'acqua che assecondava i pensieri, erano tornati a fare progetti. Miriam, quel sabato mattina, vide il sole spuntare di nuovo tra le colline e si diresse in chiesa per suonare le campane. Nessuno si avvicinò per averne conferma, ma tutti capirono l'avviso senza dirselo: si sarebbero riuniti la mattina dopo per un ringraziamento solenne.

Gavina si alzò all'alba, si massaggiò la gamba dolorante

e, approfittando della fine del freddo, decise di far visita a Teresa. La vedova la accolse con un residuo di rabbia negli occhi, e a Gavina bastò un secondo per capire che era successo qualcosa di grave. Teresa le raccontò dello scontro avuto con Carlo, prima che il diluvio si abbattesse sul paese, e della decisione che quell'isolamento prolungato le aveva ispirato. Non si sarebbe ricreduta per nessuna ragione: voleva lasciare per sempre Lolai.

Gavina capì che Teresa aveva fretta di realizzare quell'idea per non concedersi ripensamenti, ma le chiese ugualmente di rifletterci. Tore andava avvisato per tempo, Rita sarebbe rimasta senza lavoro e in più, gestire da sola un viaggio lungo con tre bambini era complicato. Per andare dove, poi?

Teresa aveva già pensato a tutto, aspettava solo l'inizio della settimana per preparare il necessario. Non voleva preoccupare Tore, sicura che anche lui avrebbe tentato di dissuaderla, ma in realtà si sentiva in colpa per avergli fatto fare avanti e indietro dalle fiere a vuoto. Avrebbe lasciato a lui la taverna e l'emporio, e a Rita la somma che le spettava per il lavoro; all'amica invece, avrebbe chiesto di occuparsi della casa. A lei bastavano i risparmi di famiglia per sopravvivere al viaggio e ai primi mesi lontano dal paese; lo giurava sul nome di Bruno, non si sarebbe più guardata indietro.

Ora che aveva deciso di andarsene le sembrava assurdo non averci pensato prima, e aspettava impaziente il momento in cui avrebbe respirato l'aria di città. Mentre illustrava a Gavina i dettagli dello spostamento e le nuove possibilità di lavoro, i suoi occhi sembravano luccicare per l'impazienza. Si diceva ci fosse un posto che offriva lezioni di italiano in cambio della pulizia degli uffici; o ancora che molte donne del quartiere vicino al porto si riunissero il sabato pomeriggio per scambiarsi saperi e tecniche di cui erano esperte. La sola idea di tutte quelle novità le dava forza e fungeva da antidoto a una tensione che andava peggiorando di giorno in giorno.

Gavina condivideva il desiderio di libertà di Teresa, ma al contempo ne temeva il fallimento. Entrambe sapevano che un viaggio così lungo non era consigliato durante la stagione fredda, soprattutto con bambini piccoli al seguito; così l'amica cercò di convincerla a rimandare il tutto in primavera. Teresa rispose a quella proposta con aria delusa; anche l'appoggio dell'unica persona sulla quale contava sembrava vacillare.

Le sembrò d'un tratto che quel paese le avesse dettato da sempre condizioni scomode: l'essere rimasta vedova con tre figli, da quelle parti, significava diventare martire in nome della rinuncia, e lei sapeva bene di non aver soddisfatto le aspettative. Ma ora, sulla cima dell'autonomia che si era guadagnata – e al contrario di quanto avesse sperato – provava poco più che una vertigine spaventosa.

«Mi sono sempre guardata le spalle, ma mai voltata indietro Gavi'», disse a un tratto la vedova.

Quella macchia nera che era il suo passato, e il rischio che avrebbe corso nel guardarci attraverso, per Teresa rappresentavano la soglia di un abisso troppo profondo. Nonostante avesse tanti conti in sospeso, si era sempre sforzata di guardare avanti; la morte di Bruno e quella nuova necessità di indipendenza erano l'ennesima prova che il futuro, anche se incerto, era l'unico tempo che valesse ancora qualcosa. Eppure, sebbene la testa le imponesse di non voltarsi, non poteva mettere a tacere un richiamo sempre più forte alla verità.

Gavina intravide la paura nelle parole dell'amica e la raccolse in tempo, battendo le mani in uno schiocco.

«Va bene, si può fare. Serve progettare tutto nei dettagli, ma non oggi. Oggi è giorno di riposo.»

«Hai ragione», disse alla fine Teresa con un sorriso stanco, abbottonandosi la giacca. «Noi andiamo a messa, vuoi venire?»

Gavina la guardò poco convinta, ma poi acconsentì e insieme si diressero in chiesa.

Quella mattina c'erano tutti. I bambini, complice il riflesso accecante del sole sui lastroni in pietra della piazza, rimasero a giocare fuori dal portone principale mentre gli ultimi arrivati, non trovando posto nei banchi, seguivano la celebrazione in piedi accanto all'ingresso. In altre circostanze la partecipazione in massa sarebbe sembrata un'anomalia, ma dopo tanti giorni di clausura del corpo a tutti sembrò opportuno rimettere in moto anche lo spirito. Miriam attendeva in prima fila già da un'ora, e continuava a fare avanti e indietro per controllare che don Giuseppe avesse a disposizione tutto il necessario. Stirava con le mani il lembo di un drappo bianco stropicciato sull'altare e dava una sistemata ai gigli bianchi attorno al leggio.

Nella cappellina laterale stavano le altre donne, quasi nascoste al resto dell'assemblea, a cui erano affidati i canti e la raccolta delle offerte. A capo del gruppo c'erano *tzia* Bonaria e *sora* Callitza, soprani impeccabili e pettegole ineguagliabili. Maria sedeva in seconda fila, con lo sguardo all'insù verso il crocifisso calato a picco sull'altare, mentre gli uomini occupavano i banchi sulla destra: nella prima stavano Biccu, Elio e Tonio, mentre i tre carbonai ripiegarono qualche fila più indietro per non dare nell'occhio. Carlo aveva accennato agli altri due dell'ultimo inconveniente, tralasciando parecchi dettagli ma non quello più significativo: la sua pazienza era terminata. Dalla donna aveva ottenuto solo rifiuti, ed era pronto a riprendersi a ogni costo il rispetto che lei gli aveva negato. Nonostante la sua rabbia fosse sul punto di espandersi a macchia d'olio, sperava che Teresa si facesse viva.

Lei e Gavina invece, lasciati i bambini a giocare in piazza, arrivarono un attimo prima che suonassero le campane e si sedettero in silenzio all'ultimo banco. Davanti a loro c'erano Annedda – con il breviario aperto sulle ginocchia e un grano del rosario stretto tra le dita – e Rita, intenta a sistemarsi la crocchia con aria assente. Mentre il resto dell'assemblea accoglieva la salita del parroco sull'altare in mezzo al frastuono delle campane, Sofia, seduta accanto ad Annedda, si girò di sbieco verso Teresa.

«Già l'avete fatta bella a rifiutare la proposta di Carlo. Potevate tornare a fare la madre, invece di lavorare tutto il giorno *cummenti un 'omini.*»

La donna si girò verso l'altare prima che Teresa e Gavina, incredule, potessero rispondere, mentre don Giuseppe avanzava verso l'ambone. La lunga tonaca, di un verde oliva e con ricami di croci dorate ai lati, gli si gonfiava sui piedi a ogni passo simile a una coda di pavone.

«*Chi di voi, volendo costruire una torre, non siede prima a vedere se ha i mezzi per portarla a termine? Per evitare che, se non è in grado di finire il lavoro, tutti coloro che vedono comincino a deriderlo. Così chiunque di voi non rinuncia a tutti i suoi averi, non può essere mio discepolo.* È parola del Signore.»

«Lode a te, o Cristo», rispose in coro l'assemblea.

Don Giuseppe scese dall'ambone in silenzio, scrutando la sala per scegliere con cura le parole che avrebbero accompagnato l'omelia; i suoi occhi vagarono per un po' prima di posarsi decisi sulla vedova. La gamba sinistra di Teresa aveva iniziato a tremare alle parole «*costui ha iniziato a costruire, ma non è stato capace di finire il lavoro*», ma la mano di Gavina l'aveva sfiorata con fermezza, costringendola a dei respiri profondi per governare l'ansia.

Il parroco – memore dell'ultima scortesia che Teresa gli aveva rifilato cacciandolo di casa – sapeva che ora i ruoli si erano invertiti, e quello di ospite indesiderata ora toccava a lei.

«Ebbene cari fratelli, il Vangelo di oggi ci chiede di distinguere, in quanto cristiani, l'essenziale dal superfluo. Dice il Signore che chiunque vuole costruire una torre, deve prima vedere se ha i mezzi per portarla a termine. Questa è la perenne necessità dell'uomo di programmare ogni cosa. Ma è più importante decidere cosa costruire, che come costruirlo. Quale torre, quindi, è degna di un buon cristiano? Quella mortale che ci difenda dagli attacchi esterni, o piuttosto quella celeste, governata dalla carità? Per la prima dovremo raccogliere ciò che non abbiamo, mentre per la seconda dovremo lasciare anche quello che abbiamo. Dice Gesù: "*Se vuoi essere perfetto va', vendi quello che possiedi, dallo ai poveri e avrai un tesoro nel cielo*", e ancora "*Non puoi servire Dio e la ricchezza*". L'avidità dell'uomo infatti, è il più grande ostacolo alla giustizia divina.»

Don Giuseppe parlava allargando le braccia senza smettere di fissare l'ultimo banco su cui Teresa sedeva curva, cercando di farsi invisibile. La sentenza era così lapidaria che pian piano tutti i presenti – come se un'entità superiore avesse preso possesso dei loro corpi – si voltarono all'unisono per fissare la vedova. Don Giuseppe giunse nuovamente le mani in preghiera, prima di continuare.

«Le Sacre Scritture hanno tanto da insegnarci, ancora oggi. Lasciamo che queste parole facciano breccia nel cuore di ognuno di noi, e guai», disse puntando l'indice verso il soffitto, «guai a chi fa sfoggio della ricchezza e non chiede perdono dei propri peccati. Egli chiuderà le porte alla misericordia di Dio e non avrà posto nel regno dei cieli.»

Sulla chiesa calò un silenzio tombale, ma Teresa, al sentire quell'ultima frase, si alzò in piedi e raggiunse il centro della navata. Faceva lunghi respiri col naso e sbatteva ripetutamente le palpebre sentendo che gli occhi iniziavano a bruciarle. Gavina le afferrò il braccio con uno strattone prima che muovesse un altro passo, avvicinandole la bocca all'orecchio.

«Non ne vale la pena, Tere'.»

Teresa rimase immobile mentre il parroco, a qualche metro di distanza, la fissava soddisfatto. La vedova abbassò di scatto la testa e sputò per terra; poi si voltò e uscì sulla piazza illuminata, al contrario della chiesa che in pochi minuti si era fatta più buia di una caverna. Tore la seguì subito, ma Gavina non si mosse, occupando lo spazio che poco prima era stato dell'amica. Si rivolse ai presenti con gli occhi stretti in due fessure; la sua voce, riecheggiando tra le pareti, sembrava amplificata.

«La carità di cui vi riempite la bocca finirà per strozzarvi. Le piacciono i peccatori pentiti, don Giuseppe? Uno di loro ha detto: "*Non fate nulla per rivalità o vanagloria, ma ciascuno di voi, con tutta umiltà, consideri gli altri superiori a sé stesso*". Se una donna deve chiedere perdono di quello che è, per salvarsi, tenetevi pure il vostro Dio. Il mio ha ben altra giustizia in mente.»

Prima che chiunque potesse aprire bocca, Gavina si fece il segno della croce e sparì oltre il portone. Il parroco interruppe il silenzio scuotendo la tunica e ripiegando verso l'altare.

«Continuiamo», disse poi, facendo un cenno con la mano a *tzia* Bonaria e *sora* Callitza perché intonassero il canto d'offertorio. Le due donne risposero al comando con uno scatto da milizia addestrata e cantarono più forte, determinate a scacciare l'eco fastidiosa delle parole di Gavina.

«Prima della benedizione finale», disse don Giuseppe dopo la comunione, «ho un avviso importante per tutti. Dopo la messa, su in foresteria, Carlo, Giovanni e Tommaso invitano tutto il paese a un pranzo insieme, preparato con l'aiuto di alcune parrocchiane. Chi vuole contribuire è invitato a portare vino e dolci, che non sono mai abbastanza. Il Signore sia con voi», disse poi, sollevando le braccia per invitare l'assemblea ad alzarsi.

Finita la messa, l'idea di condividere il pasto e dare comune sfogo ai pettegolezzi ristabilì il buonumore. Oltre a Maria, fuggita dalla chiesa subito dopo Gavina, gli unici a mancare erano i Murru. Di loro, in giro per Lolai, nemmeno l'ombra.

Verso l'una il sole si fece alto e numerosi paesani affamati si ritrovarono puntuali in foresteria. All'ombra degli olivastri si apriva un recinto in pietra intorno a una lunga tavolata, coperta da una tettoia in legno. I carbonai avevano preparato il fuoco un'ora prima, per arrostire tanta carne da sfamare tutti i presenti. Gli uomini non si erano fatti ripetere due volte l'invito a portare del vino, e un fiasco di amabile ogni due piatti accompagnava la tavolata insieme a olive, formaggio e sottili fette di pane. Quando Sofia, Miriam e le altre iniziarono a servire *malloreddus* con salsiccia il vino era già in circolo, l'allegria dei presenti in aumento e il disagio di qualche ora prima dimenticato. Don Giuseppe arrivò un po' più tardi, pallido in viso per lo spavento. Raccontò che un serpente lungo la strada, simile a una biscia, gli era comparso davanti all'improvviso e lui aveva tentato di scacciarlo con una canna, senza riuscire a ucciderlo.

«La Sardegna non ha rettili velenosi don Giuse'», gli rispose Biccu, sorseggiando il vino con le guance paonazze. «Ma un veleno peggiore spesso esce dalla lingua di chi bestemmia, vero o no?»

Il parroco assentì con un cenno del capo. I carbonai si occuparono per tutto il pomeriggio di riempire i bicchieri vuoti dei presenti e chiedere agli invitati se il cibo fosse di loro gradimento. Carlo aiutava le donne e Giovanni intratteneva i bambini facendo sparire piccoli oggetti dietro la schiena; Tommaso invece era rimasto in disparte, una volta avviato il pranzo. Si era rifugiato in un angolo della tavolata e aveva tirato fuori dalla giacca una matita e un piccolo foglio sgualcito. Curvo sul tavolo, alzava la testa di tanto in tanto e fissava il vuoto prima di tornare a scrivere. Intanto Biccu rifilava aneddoti inverosimili alla tavolata, lasciando il resto del gruppo dubbioso ma non meno incuriosito.

«Vi dico che a Bobore, il cugino di *tziu* Lodde… *su dimoniu* una volta gli aveva fatto visita in casa!»

Tonio si burlò dell'amico dandogli un colpo al gomito, e qualche goccia di vino gli cadde dal bicchiere sul legno del tavolo.

«*Mi'* che non scherzo! Dopo aver rubato una pecora, da giovane, era salito sul monte dov'era stato mandato il diavolo *a s'ora mala,* la rivolta dell'inferno. La notte se l'era ritrovato in camera da letto. La gente ha paura a guardarlo in faccia, così *su dimoniu* si traveste per non farsi riconoscere; una volta da bambino, una volta da signore elegante, una addirittura da cinghiale con le corna!» continuò Biccu serio.

«"Sua maestà mi ha fatto visita", diceva Bobore. Prima di arrivare sentiva un rumore forte, come di catene che strisciano e un borbottio continuo. Lo sapete come l'ha mandato via alla fine?»

Gli altri fecero cenno di no con la testa.

«Chiedendogli cosa voleva. "*Ita 'ollis?*" diceva, e quello: "Oh, nulla!" e da quel giorno non l'ha più scocciato.»

La folla riunita lì intorno scoppiò in urla di disapprovazione e ingiurie verso l'uomo, colpevole di aver dato una fine così deludente al racconto, ma lui continuò a ridere e a bere giurando che era tutto vero. Il pasto si concluse con innumerevoli vassoi di dolci e altrettanti cicchetti di mirto per aiutare la digestione. Mentre gli uomini continuavano a condividere storie più o meno verosimili su demoni e streghe, don Giuseppe si alzò lamentando un forte dolore alla testa. Si congedò dai presenti e Miriam lo accompagnò a casa, per farlo riposare. A pasto concluso, un gruppetto di donne si riunì al tavolo, poco distante da Tommaso; si accasciarono all'unisono sulle sedie, sfinite dal viavai continuo del pranzo, e una di loro si portò un lembo del grembiule sulla fronte sudata.

«*Nel boccone condiviso, l'angelo prende posto.* Proprio vero è.»

Le altre confermarono con un cenno del capo, assaporando il buonumore rumoroso dei presenti con un sorriso.

«Meno male che quella non è venuta, se no era capace

di sputare anche sul piatto del pranzo. Modo di fare vi sembra?» decretò *tzia* Bonaria piuttosto contrariata.

«*T'arrori*, ogni volta una scenata. Dice che non vuole attenzioni, ma poi se le va a cercare», rispose *sora* Callitza.

«Invece di essere contenta che un uomo la vuole, quella sputa in terra e l'amica lancia rimproveri. *Cos'e maccus.*»

«Mi ha detto Miriam che anche don Giuseppe ha cercato di convincerla, ma lei nulla. Secondo me è tutta questione di soldi.»

«Quando era vivo il marito, già non le dispiaceva lasciarsi corteggiare. *In tempo di guerra, bugie fino a terra.* Altro che no.»

Tommaso, che aveva origliato la conversazione da vicino, si alzò in piedi di scatto e salì sul tavolo, facendo sussultare le donne.

«Signore mie, è proprio di questo che dobbiamo parlare», disse con tono solenne.

Poi unì il pollice e l'indice in un cerchio, e se li mise sotto la lingua per richiamare con un fischio gli altri due. Carlo e Giovanni udirono il segnale e, come se avessero provato la sequenza di quegli avvenimenti più volte, radunarono tutti i presenti di fronte a Tommaso. L'uomo guardava dall'alto le loro teste come avrebbe fatto l'ospite d'onore a un comizio improvvisato, con il corpo leggermente di sbieco e la bocca unta. Si reggeva i lati della giacca di lana con le mani a mo' di bretelle, simile a uno di quei *mamuthones* che per carnevale usavano sfilare in paese, spaventando i bambini col suono metallico dei campanacci. Il sole fuori dalla tettoia fece per scomparire dietro le fronde degli olivastri; Tommaso abbassò la mano, si poggiò il bicchiere di vino vuoto ai piedi e – con l'urgenza che gli dettava l'arrivo del buio – iniziò a parlare.

## 14.

Otto ore prima, Teresa usciva dalla chiesa asciugandosi la saliva dalla bocca con il dorso della mano.

«Aspettate», disse Tore, che le era corso dietro con aria preoccupata.

«Non ce la faccio più», disse la donna inferocita.

«Avete ragione. Ma vi dovete calmare ora, i bambini non possono vedervi così.»

L'uomo la scortò fino al muretto in pietra dalla parte opposta della piazza. Maddalena, Francesco ed Emilio erano intenti a giocare tra loro, rincorrendo i limoni ancora sparsi per terra e raggruppandoli sotto l'ombra di un albero per farne una piramide. Tore parlò solo quando vide che il suo respiro affannato era tornato regolare.

«Potremmo andare a fare una gita al fiume, per distrarci un po'.»

La donna lo guardò con aria stanca, ma alla fine annuì.

Dopo qualche secondo li raggiunse Gavina, trascinandosi dietro la gamba.

«Scusa Gavi', non dovevamo venire», disse Teresa.

«*E bai!* Questa volta gliene ho cantate quattro a quelle serpi. *Vestito, anche un bastone somiglia a un barone.* Ma a me non mi fregano.»

«Vuoi venire con noi e i bambini al fiume?»

«No, grazie, Tere'. La gamba mi fa di nuovo male, saranno tutte le cattiverie che ho sentito oggi», disse l'amica. «Preferisco tornare a casa, ma posso accompagnarvi fino al bivio del cimitero.»

«Va bene», rispose Teresa, alzandosi dal muretto per raggiungerla.

Tore andò a chiamare i bambini, e quelli lasciarono volentieri la piramide di limoni all'idea di una gita. L'uomo non gli disse dove erano diretti, ma avvisò che sarebbero tornati a casa per mettersi abiti più leggeri e preparare qualcosa da mangiare. Gavina aiutò Teresa a tagliare pane, prosciutto, formaggio e un po' di frutta avanzata dall'ultima trasferta di Tore alla fiera. Lungo la strada, Gavina non accennò all'omelia di don Giuseppe né si premurò di chiedere all'amica un commento sulla vicenda. Poco prima che si salutassero, però, poggiò una mano su quella dell'amica come aveva fatto in chiesa.

«Se vuoi andartene, Tere', fallo prima di cambiare idea», disse, mentre la bocca le si chiudeva in una linea severa. «Ma ricordati che la libertà non ha terra promessa, è una lotta continua. La gente continuerà a fare finta di nulla, non importa quanto grande è l'ingiustizia. Tocca a te rimanere in piedi.»

Teresa accolse quel consiglio con lo stesso sorriso grato di chi, in mezzo alla sfortuna, incappa in piccoli diamanti di buona sorte.

«Non so se mi merito un'amica come te, Gavi'.»

«La vita ci dà quello di cui abbiamo bisogno, mai quello che ci meritiamo. Vai, che altrimenti fate tardi.»

«Mi mancherai», disse Teresa con voce spezzata.

«*Tui puru*», rispose e, prima di sparire all'ombra dei noci, salutò lei e i bambini con un bacio che, come tutti gli addii, sembrò non durare abbastanza.

Maddalena e Francesco festeggiarono l'arrivo alzando le braccia al cielo. Il pendio che avevano davanti – simile a un dirupo roccioso – si affacciava sul fiume, mentre il resto della piana era un'enorme distesa di fichi d'India e fresie colorate. Teresa passò il resto della mattinata a giocare coi figli vicino alla riva, nel tratto in cui l'acqua era poco profonda e attraversata da una fila ordinata di sassi, simile a un ponte. Quando il sole iniziò a picchiare insistente sulle loro teste decisero che era ora di mangiare; a quell'altezza, la temperatura pareva non aver ancora smaltito la calura estiva, e Teresa indicò a Maddalena di stare con i fratelli all'ombra degli alberi senza spingersi troppo lontano. La sua veste nera attirava i raggi scottanti del sole, e quando Tore notò la sua fronte imperlata scosse la testa divertito.

«Potete anche togliere il velo ora. Sono sicuro che Bruno non ci rimane male.»

Teresa alzò lo sguardo e, invece di liberarsi del tessuto, alzò una mano per spostare una ciocca di capelli sudati dalla fronte – convinta che bastasse quella mossa a riequilibrare la sua temperatura corporea.

«No, sto bene», disse, piegandosi verso il sole. «*Passat custu puru*», aggiunse poi, sottovoce.

Subito dopo, come se il pensiero della donna fosse stato ascoltato dall'alto, si alzò il vento. Lei e Tore rimasero uno di fronte all'altra, accovacciati sul telo accanto alla riva del fiume a dividersi l'ultimo spicchio di mela rimasto.

«Ti ricordi la prima volta che siamo andati giù all'aia a *entulare*?» chiese a un tratto la donna, chiudendo gli occhi una seconda volta per afferrare più immagini possibili dalla memoria.

«Certo», rispose Tore.

I due sorrisero insieme al ricordo.

Anche quel giorno il sole picchiava alto e indisturbato. Teresa, Tore e altri bambini della zona giocavano spesso a *pincaro* nella vigna dietro casa Collu, e l'odore dell'uva a volte diventava così forte da costringerli a sedersi per attendere che passassero i capogiri. Teresa aveva nove anni e Tore molti di più, ma la bambina già allora si comportava da donna fatta. Giocavano spesso a nascondino insieme, nonostante il ragazzo avesse un'età più adatta per lavorare, e quella mattina, mentre Tore stava nascosto immobile dietro il pozzo del giardino, il padrone di casa attraversò il cancelletto in legno dell'ingresso e chiamò a gran voce il ragazzo.

Il signor Collu si tolse il cappello di paglia dalla testa, si asciugò la fronte col dorso della mano e grosse gocce di sudore scivolarono sui suoi zigomi ossuti. Una scese giù fino al naso, fermandosi proprio sotto una narice e restando lì, penzoloni. Tore, vedendo quel bordo gocciolante, non riuscì a trattenere una risata, ma l'uomo non si accorse di nulla.

«Dov'è Teresa?» chiese Vincenzo.

«Nascosta da qualche parte», rispose il ragazzo.

«Ancora tempo di fare questi giochi da femminuccia ti sembra? Valla a chiamare, vi aspetto fuori.»

Tore si alzò piano, incurvando le spalle come se invece di un ordine avesse appena ricevuto un pugno allo sterno, e si diresse in cucina. Margherita – la giovane signora Collu, che spesso si aggirava da quelle parti prima del pranzo – sembrava non essere in casa. Teresa invece, appostata dietro la pentola con un dito immerso nel sugo, non aveva sentito i richiami di Tore dal giardino. L'amico imitò il gracchiare acuto di una cornacchia e lei tolse il dito dal sugo per lo spavento, imbrattando il pavimento di schizzi rossastri. Poi, notando il viso soddisfatto del ragazzo, lo fissò stringendo gli occhi color miele in una fessura.

«Questa me la paghi.»

«Dai, mettiti le scarpe che il signor Collu ha bisogno di noi.»

Raggiunsero Vincenzo al pozzo e tutti e tre si lasciarono casa Collu alle spalle. A Teresa sembrò di camminare per ore. Aveva la gola secca e, mentre lasciavano il bivio del cimitero per imboccare il sentiero in mezzo al bosco, sperò che le sue scarpe non prendessero fuoco sentendo una fitta dolorosa sotto i talloni; non era mai stata così lontana da Lolai. Appena superate le ultime querce in mezzo al bosco, il vento aumentò senza preavviso; Vincenzo camminava in silenzio, mentre la bambina si lamentava a ogni curva.

«Signor Collu, manca ancora tanto? Io ho fame!»

«Siamo arrivati», disse a un tratto l'uomo, imboccando un'ultima curva. Scesero il pendio e davanti a loro si aprì una distesa senza orizzonte di giallo sbiadito, interrotta qua e là da lecci e corbezzoli. Sapevano tutti che quella era proprietà dei Collu; Vincenzo pagava a giornata un gruppo di contadini e le loro mogli per finire il lavoro in tempi brevi. L'altezza delle spighe arrivava alle spalle di Teresa, ma quel giorno erano state già tagliate e raccolte poco lontano in dei cumuli più alti di lei e Tore messi insieme. Vincenzo spiegò a entrambi che quel lavoro – una catena di gesti tramandati per generazioni – era lungo, faticoso e molto antico.

Si cominciava con *su laore* – la preparazione del terreno con l'aratro, trainato dal giogo di buoi, e successiva semina; *sa zappittadura* e *sa messadura* invece – successivi rincalzo e raccolta delle spighe – avvenivano nel mese di luglio, e ciò che si era accumulato veniva poi trasportato all'aia in quella che chiamavano *sa carruladura.* Solo a quel punto aveva luogo la fase conclusiva, il vero motivo per cui si erano spinti così lontano da casa: *s'entuladura.*

Attorno a un piccolo gruppo di donne presenti c'erano anche i figli dei Puddu e Luigi Casu, detto Luigeddu, coetanei di Tore. In mezzo allo spiazzo, grandi ceste di vimini intrecciato precedevano una decina di asini, che avevano appena finito la battitura, mentre gli uomini tenevano in mano dei lunghi rastrelli di ferro appuntito, per raggruppare i chicchi rimasti nel terreno.

«Prendi una cesta», disse Vincenzo alla bambina.

Gli uomini si avvicinarono al mucchio di grano, reggendo delle pale in legno con un'estremità piatta in ferro laminato. Levavano in aria le spighe senza stelo, finché il vento non faceva volare via la pula da ogni chicco. Mentre le piccole membrane giallo oro volavano via come grossi granelli di cenere, le cariossidi più scure e pesanti ricadevano a terra ai piedi degli uomini. Teresa si avvicinò alle ceste di vimini e ne sollevò una, voltandosi verso le donne per mimarne le mosse. Una volta concluso il salto del grano, la bambina si avvicinò al mucchio per recuperarne la parte buona, che presto sarebbe diventata pane. Teresa studiò per un po' i movimenti di Tore e degli altri uomini, e pensò che quel processo funzionava alla perfezione proprio perché ognuno faceva il suo, senza lamentarsi. Ma il compito della raccolta, per lei, era piuttosto noioso; così, si girò verso Vincenzo e lo guardò con aria titubante.

«Signor Collu, posso provare anch'io a usare la pala?»

L'uomo guardò la bambina esitante – non per il pericolo che avrebbe corso nel maneggiare l'attrezzo, quanto per la risata che quell'assurda richiesta poteva suscitare negli altri presenti.

«Un'altra volta?» rispose lui con tono severo.

«Vince', *lassadda fai*», lo canzonò uno degli amici con un risolino.

L'uomo, capendo che l'unico modo per togliersi d'impiccio era accettare la proposta, sbuffò poco convinto. Prese una pala e la porse alla bambina, che per poco non se la diede sui piedi.

«Ecco, così», le disse Tore sottovoce, mostrandole come reggere il manico della pala.

Teresa lo imitò, e rimasero entrambi a lanciare per aria il grano mentre il vento asciugava con delicatezza le loro schiene sudate.

«*Éntula sa pippia, éntula!*» la incitavano gli uomini, ma le loro voci si perdevano nel vento. Gli occhi della bambina lacrimavano al sole, mentre i pezzi di pula andavano su e giù per il cielo in traiettorie disordinate, simili a fragili coriandoli, e i chicchi ormai puliti ricadevano al suolo in silenzio. Vincenzo osservò Teresa lavorare per ore senza lamentarsi; ogni tanto qualcuno si fermava per bere del vino dalle *croccorigas* – piccole zucche essiccate e decorate a mo' di borracce – e quando il sole fu alto si fermarono tutti a mangiare olive, pane e formaggio. I figli dei Puddu sembravano sollevati all'idea che una femmina gli risparmiasse la fatica, mentre Luigeddu Casu – seccato dal lavoro di raccolta che doveva compiere al posto di Teresa – la guardava con la bocca incurvata in un broncio infantile.

«Faceva così, ti ricordi?» disse la vedova, inginocchiandosi in mezzo al prato per mimare la smorfia di Luigeddu. Tore scoppiò in una risata selvaggia.

«E comunque, eravate più brava di me», disse, giocherellando con il gambo di un fiore lì accanto. Teresa scosse la testa, imbarazzata.

«No, ci vuole un maschio per farlo come si deve. Io non ero abbastanza forte, né abbastanza attenta.»

Poi abbassò lo sguardo sull'erba. «Però ero libera.»

Pronunciò quelle parole quasi sottovoce, cercando i figli con lo sguardo. Li vide giocare felici, ma le loro voci si erano fatte distanti. Una sensazione dimenticata risalì l'anfratto scuro che era stata la sua infanzia, travolgendola come un vulcano in eruzione. L'aveva dimenticato. Per anni aveva creduto di conoscere solo la pesantezza ineluttabile di quei semi, e il loro ricongiungersi col suolo. Eppure, c'era stato un tempo in cui aveva vissuto anche la leggerezza della pula e di quel maestrale ostinato, che adesso era pronto a condurla altrove. Era arrivato senza che lei l'avesse atteso, il momento propizio: poteva custodire il frutto vero di quella terra, di una vita che le stava stretta, solo spazzando via il superfluo. In quell'istante, la donna capì che crescere non significava smettere i panni di sé stessa per diventare un'altra, ma ritrovare la bambina che era stata e tenderle la mano, senza vergogna.

Richiuse gli occhi e sentì gli ultimi raggi del sole accarezzarle il viso, mentre una luce dorata velava le pale dei fichi d'India in lontananza. Una lacrima silenziosa le rigò la guancia e si fermò sul mento, indecisa sul da farsi. Teresa la raccolse col dorso della mano e aprì gli occhi: le voci squillanti dei bambini erano riemerse in superficie, sovrastando il cinguettio armonioso dei cardellini e lo scorrere vivace del ruscello.

«È meglio andare, prima che faccia buio», disse a Tore, mettendosi in ginocchio sul telo per sistemare i resti del pranzo.

Tutti e cinque percorsero la strada del rientro in silenzio, accompagnati dal sibilo sferzante del vento. Francesco marciava davanti al gruppo con una canna trovata vicino al fiume e Maddalena passeggiava con le mani aperte, accarezzando col palmo le foglie che sporgevano lungo il sentiero. Tore guardava per terra, reggendo la sacca del cibo con una mano e ripensando alle parole di Teresa come a un regalo prezioso da custodire in silenzio. La donna invece, con Emilio addormentato tra le braccia e il velo per la prima volta adagiato sulle spalle, sembrava cercare con lo sguardo un sole sempre più nascosto, rassegnato insieme a lei all'idea di dover tornare a casa.

## 15.

Quando la famiglia Murru rientrò era calato il buio, e alle raffiche di vento si erano aggiunti lampi intermittenti che fendevano il cielo simili a lunghi abeti secchi capovolti. Teresa si chiuse il portone verde alle spalle e fissò Tore con aria riconoscente.

«Ne avevamo bisogno.»

L'uomo sorrise in risposta.

«Ti chiamo quando è pronta la cena.»

La donna e i bambini entrarono in cucina mentre l'uomo deviò verso la stalla. Appena Teresa aprì la porta, vide Rita seduta al tavolo di cucina con una tazza in mano.

«Meno male che siete tornati!»

La vedova fissò la ragazza senza trasporto, spingendo la schiena del piccolo Emilio per farlo entrare.

«Eravamo al fiume», rispose, facendo cenno ai bambini di andare a cambiarsi. Rita sospirò sollevata e salutò Francesco dandogli un buffetto sulla guancia.

«Avete bisogno di aiuto per la cena?»

«No, è tutto pronto», disse Teresa, notando che la ragazza non accennava a muoversi. «Ti fermi anche tu?» aggiunse controvoglia.

«Sì grazie», rispose Rita, iniziando ad apparecchiare. «Forse non è il momento», aggiunse poi, accordando la voce stridula al tintinnio metallico delle posate sul tavolo. Teresa sembrò non sentirla, così fece un altro respiro e ripeté più forte: «Vi volevo chiedere scusa a nome di tutti, per stamattina».

Quel tono ambiguo colpì la vedova come una pietra scagliata da dietro un cespuglio; il mestolo le cadde di mano dentro la pentola del sugo con un colpo sordo.

«Ah sì?» chiese ironica, girandosi a guardarla.

Rita annuì, fissando il pavimento.

«Non c'è bugiardo senza testimoni», commentò Teresa a bassa voce, prima di voltarsi di nuovo.

«Perché ce l'avete tanto con me, si può sapere?» sbottò Rita all'improvviso. «Ho servito in casa vostra, accudendo i bambini e facendo sempre quello di cui c'era bisogno. Ma non sono stupida, lo vedo come mi guardate. Alcune battute sono pesanti, ma non è un buon motivo per prendersela col resto del mondo. Pensate che a me non succede? Che qualche maiale non mi mette gli occhi addosso in taverna? Ma a fare una scenata per ogni scortesia si perde solo il rispetto.»

Teresa osservava lo sfoggio impertinente della ragazza senza muovere un muscolo.

«Sapete, forse aveva ragione mia madre. *Dei due mali abbraccia sempre il minore*, diceva. È vero, questo paese raramente si fa gli affari suoi, ma andarsene dalla chiesa in quel modo…»

Rita lasciò la frase a metà, notando che Teresa si era portata le mani sui fianchi con aria minacciosa.

«Vogliamo solo il vostro bene, e quello dei bambini. Non ci potete odiare per questo.»

Teresa si portò una mano alla bocca per soffocare una risata improvvisa, e Rita ammutolì.

«L'odio non c'entra», disse poi Teresa, spegnendo il fornello. «E le scuse sono inutili. Credi di fare la cosa giusta, ma sei controllata a distanza, come tutte. Tenuta al guinzaglio come una bestia pericolosa. Non è colpa tua.»

La vedova riprese a mescolare senza voltarsi.

«Ci hanno cresciute per essere donne rispettabili a buon prezzo. Forse è l'unica cosa in cui siamo diventate esperte. E se non lo fanno gli uomini, ci pensiamo noi a rimproverarci a vicenda.»

Rita era spiazzata, incapace di ribattere. Teresa tolse la pentola dal fuoco e si avvicinò al tavolo.

«Ma lottare, in questo paese, è inutile. Domani io e i miei figli andiamo via, ma non azzardarti a dirgli nulla. Ancora non lo sanno.»

«E dove andate?» chiese Rita turbata.

Teresa la ignorò e si girò verso la porta, per chiamare Tore e i bambini a tavola.

Rita mandò giù la pasta a fatica, cercando di nascondere la sua incredulità, mentre una nausea crescente le attraversava lo stomaco. L'impeto con cui Tommaso aveva cucito i brandelli del suo discorso, durante il pranzo in foresteria, le tornavano in mente insieme alle parole di Giovanni.

«Ci serve il tuo aiuto», le aveva detto il fidanzato sottovoce.

«Ma come...»

«Non puoi dire di no, ora che sanno tutto», aveva continuato, indicando il resto della tavolata. «Mi vuoi bene, sì o no?»

«Certo», aveva risposto Rita, con un filo di voce.

«Allora ci servono i soldi.»

Gli occhi di Giovanni ardevano impazienti, mentre la sua mano sfiorava delicatamente la guancia della fidanzata.

«Tieni aperta la finestra stanotte, quando vai via. Solo questo devi fare.»

Vedendo che Rita chiudeva gli occhi in cerca di sollievo, Tore si voltò verso la ragazza per offrirle del vino.

«Tieni, un po' di questo ti farà bene», disse con un sorriso.

«Devo proprio andare», disse Rita turbata, alzandosi dal tavolo.

Si congedò dai bambini con un abbraccio disperato, prima di fermarsi sulla soglia, e Teresa alzò una mano per salutarla, sancendo con un gesto semplice la fine di un rapporto complicato.

«Lascia pure le chiavi sul chiodo e tirati dietro il portone quando esci.»

La ragazza annuì e lasciò la cucina. I venti passi che fece per attraversare il cortile furono più faticosi di una traversata del deserto. Sentiva la voce di Giovanni serpeggiare tra gli alberi: se avesse mandato all'aria il piano il paese non l'avrebbe perdonata. Sfilò il mazzo dalla serratura del portone e se lo rigirò tra le mani per un minuto buono, senza sapere cosa fare. Poi lo rimise a posto e ripercorse la strada da cui era venuta. Si fermò prima della cucina e guardò verso sinistra: la piccola stanza nella quale dormiva aveva una finestrella in cima alla parete che dava sulla strada. Era troppo piccola per Carlo e Tommaso, ma non per Giovanni. Non appena la aprì, una debole folata di vento sollevò i bordi della trapunta che copriva il letto. Poi abbassò la maniglia e uscì dalla stanza. Mentre il portone di casa Murru si serrava alle sue spalle con un cigolio, Rita pregò sinceramente per la prima volta, ma le sue parole si dispersero nell'aria senza lasciare traccia. Solo in un'altra occasione avrebbe pregato con la stessa intensità, tanti anni dopo. Ormai lontanissima da Lolai, negli ultimi istanti di una vita generosa e priva di ripercussioni, avrebbe implorato perdono unendosi a un coro di voci colpevoli e impunite – destinate, come la sua, a svanire nel silenzio.

Terminata la cena, Tore diede la buonanotte a Teresa e i bambini e andò a dormire. La vedova aveva preparato una tazza di latte per tutti e tre, ancora affamati dalla gita e determinati a rimandare il più possibile la fine di quella bella giornata. Emilio si addormentò sulla poltrona prima che il latte bollisse nel pentolino, mentre Francesco e Maddalena si misero di fronte alla finestra, con due tazze rosse in mano. Da quella cornice di legno quadrata, sporta sui tetti delle case vicine, si scorgeva uno spicchio di luna piena, e i due bambini passavano spesso le ore a fantasticare sulle forme animalesche delle nuvole.

«Quella sembra un drago, guarda!»

«Ma se non ne hai mai visto uno.»

«Invece sì che l'ho visto.»

«E dove? Sentiamo.»

«Un giorno, vicino al nuraghe.»

«Sì, certo.»

«Invece è vero. E poi mica una cosa la devi vedere per forza per sapere com'è», disse Francesco alla sorella, che tornò a fissare il cielo.

«Guarda quella», disse la bambina, indicando una striscia di nuvola sottile che a breve sarebbe passata davanti alla luna, tagliandola in due.

«Sembra un coltello», disse Francesco, alzando la mano chiusa a pugno per brandire il manico invisibile di quell'arma sospesa in cielo.

«È più grande il coltello di te», ridacchiò Maddalena.

«Intanto Tore mi ha insegnato come si usa, e a te no», disse il bambino, mimando una spada e agitandole una mano davanti alla faccia.

«Dai che è tardi. A letto», li interruppe la madre.

Si chinò sulla poltrona e prese Emilio in braccio, per non svegliarlo. Gli altri due rimisero le sedie a posto, lasciarono le tazze a metà dentro il lavandino e corsero al piano di sopra. Maddalena, seduta sul letto con la camicia da notte, fissò la madre titubante.

«Posso dormire nel tuo letto stanotte?» chiese.

«Perché?»

«Sento freddo qui», rispose la bambina.

«Ti porto una coperta in più.»

«No, voglio dormire nel letto con te. Per favore.»

Teresa ci pensò qualche secondo e alla fine acconsentì, baciando sulla fronte gli altri due figli addormentati. Maddalena si sfilò le scarpe e percorse il corridoio a piedi nudi. Entrò in camera e si lanciò sul letto matrimoniale, strizzando gli occhi per la gioia. Teresa andò in bagno a lavarsi la faccia, liberò i capelli corvini da una rete di forcine e li lasciò scivolare dietro le spalle. Avvertì per un attimo lo stesso freddo di cui parlava la figlia, ma quella brezza notturna – specialmente dopo una giornata afosa – le diede più sollievo che preoccupazione. Prima di tornare in camera indugiò qualche secondo davanti allo specchio, e il suo riflesso le sorrise allegro al pensiero di partire. Chiuse la porta del bagno, si annodò sul ventre il cordino della vestaglia a fiori e tornò in camera.

Non appena toccò il letto, la voce sottile di Maddalena risuonò nel buio.

«Sai perché volevo dormire qui?»

«Perché?»

«Per farti compagnia. Me l'ha chiesto babbo.»

Teresa fece un respiro profondo, e allungò la mano fino a toccare quella della bambina.

«E quando te l'ha chiesto?»

«Un giorno. Ma è un segreto.»

Teresa si voltò di lato e scoprì che la figlia la guardava. I loro visi, nonostante il buio, si erano fatti così vicini che l'una poteva vedere il riflesso luccicante negli occhi dell'altra.

«Allora posso dormire tranquilla.»

Teresa baciò la bambina sulla fronte.

«Buonanotte.»

Poi entrambe si misero a pancia in su a fissare il soffitto, finché il sonno non chiuse loro le palpebre all'unisono.

La tenda bianca della cucina ondulava sulla porta, interrompendo il silenzio ovattato di quella notte con la stessa eleganza sinuosa delle anemoni sul fondo del mare. Teresa aveva visto il mare coi suoi occhi solo una volta, e adesso ci era tornata senza sapere come. L'acqua non era calma come la ricordava. Tentava a fatica di tenersi a galla tra le onde, mentre il vento la trascinava al largo. Lunghi brividi le scuotevano l'addome e l'acqua le rendeva i vestiti sempre più gonfi e pesanti. Cercò di aggrapparsi invano all'unico appiglio in vista, un mucchio di scogli coperto di alghe scure. Tossì, sentendo che il sale le entrava in gola mentre agitava le braccia per non annegare. Il suo grido di aiuto si interruppe ancora prima che potesse articolarlo, e all'improvviso qualcosa la schiacciò verso il basso finché non sentì le scapole toccare la rete sotto il materasso.

Tremava ancora, ma non era più sott'acqua. Qualcosa di caldo le bloccava il respiro, mentre la sua vista assonnata metteva a fuoco un'ombra a fatica. Una mano ruvida le stringeva la gola e Teresa, dilatando gli occhi in una smorfia di terrore, cercò di muovere la testa.

«Dove sono i soldi?» disse una voce roca.

La donna si accorse che, a tenerla immobile, erano le mani di Carlo.

Tentò di divincolarsi con un grugnito, mentre l'uomo la teneva immobile sul letto. La donna allungò le braccia verso l'alto e gli sfregiò una guancia con le unghie. Carlo scattò all'indietro con un urlo feroce e si coprì il viso con una mano; i suoi occhi si erano fatti piccolissimi, mentre il sangue gli gocciolava lento dalla barba nera. Si mise la mano sulla cintura e sfilò il manico bianco di una leppa senza smettere di guardarla.

«Ti avevo avvisato», disse.

Teresa, paralizzata dal coltello, cercò la figlia con lo sguardo e la vide sulla porta. Carlo seguì gli occhi della vedova e si accorse di Maddalena.

«Non ti azzardare a toccarla», disse Teresa con un sibilo.

L'uomo si voltò a guardare prima Teresa, poi di nuovo la bambina. La donna, prima che lui potesse muoversi, urlò: «Vai a chiamare Tore, corri!».

Maddalena non si mosse e Carlo si scagliò sulla vedova, affondandole la lama del coltello nella pancia. Teresa si accasciò sul letto, mentre il bruciore lacerante della ferita le arrivava al cervello; tentò di coprirsi la bocca per non urlare e l'uomo gridò in preda alla collera, prima di avventarsi su di lei. Il suo braccio robusto, senza alcuna traccia di umanità, andava su e giù sul corpo a peso morto, macchiando le lenzuola di un rosso scarlatto. Maddalena a quel punto chiamò Tore con tutta la forza che aveva in corpo, prima di rannicchiarsi ai piedi del letto.

L'uomo, svegliato di soprassalto dal grido della bambina, impugnò il fucile che teneva vicino al letto e uscì dalla stalla. A pochi passi dalla cucina, nel buio del cortile, udì il rimbombo di uno scoppio e qualcosa lo colpì, lacerandogli l'addome. Davanti a lui, due uomini incappucciati bloccavano l'entrata della cucina; uno di loro teneva in mano una sacca piena e l'altro, con il braccio ancora alzato, gli puntava contro la canna di una pistola fumante. Tore faceva fatica a respirare, segno che il proiettile gli aveva perforato le costole prima di fuoriuscire dalla schiena, mentre una pozza di sangue iniziava a spargersi per terra attorno a lui.

I due uomini incappucciati salirono al piano di sopra e raggiunsero la camera da letto; anche Francesco ed Emilio si erano svegliati, e ora fissavano la madre accasciata sul pavimento. Il più piccolo strillava impaurito, con il viso rigato di lacrime, mentre l'altro gli stava accanto immobile, coprendosi gli occhi con le mani. Maddalena si voltò non appena sentì dei passi varcare la soglia. Uno dei due ladri prese il coltello dalla mano di Carlo – che ansimava accanto a Teresa con gli occhi persi nel vuoto – e gli ordinò di scappare. La bambina fissò l'uomo che aveva parlato, e vide che la fessura sulla parte bassa del cappuccio gli scopriva la bocca. Il labbro superiore scattava in modo strano, simile a un tremolio.

«*Tziu* Timi Timi, perché avete ucciso mamma?» chiese la bambina, mordendosi il labbro inferiore per trattenere il pianto.

Giovanni, che con entrambe le mani reggeva la sacca, si voltò verso Tommaso e i due capirono di essere stati riconosciuti. L'uomo impugnò il coltello e con uno scatto improvviso affondò la lama sul braccio di Maddalena; la bambina – coprendosi la ferita con una mano per fermare il sangue – urlò per il dolore e arretrò verso la parete. Tommaso le tappò la bocca con la manica ruvida della camicia e vide i suoi occhi farsi enormi, terrorizzati.

«Se provi a dire qualcosa, torno qui e vi uccido tutti e tre. Devi stare zitta e non raccontare niente a nessuno, hai capito?»

Maddalena era immobile con le spalle al muro, i fratelli in preda a un pianto senza sosta. I suoi occhi sostenevano lo sguardo dell'uomo senza dargli alcuna conferma.

«Hai capito, sì o no?»

Maddalena cercò il volto della madre, che con le ultime forze rimaste si era aggrappata alle lenzuola per rimettersi in piedi. Teresa incrociò lo sguardo della figlia dalla parte opposta della stanza, mentre i suoi occhi sembravano chiudersi piano, appesantiti dal dolore delle ferite. Le due si fissarono per qualche istante, e quando la bambina si voltò di nuovo verso Tommaso, il suo viso minuto e rotondo si fece improvvisamente severo, più consapevole. Maddalena non parlava, ma i suoi occhi grandi si opponevano alla minaccia dell'uomo con lo stesso coraggio sfrontato della madre. Il piccolo crocifisso in ferro appeso alla parete sopra di loro si staccò dal chiodo, cadendo ai piedi di Tommaso. L'uomo allontanò il braccio per la paura, e anche il suo labbro smise di tremare; si accorse all'improvviso che i compagni avevano lasciato la casa e non c'era più tempo. Fissò Maddalena per l'ultima volta, si pulì il coltello sul bavero della giacca e uscì dalla stanza oltrepassando i due bambini. Poco dopo, su tutta Lolai iniziarono a comparire le prime luci dell'alba.

I rumori in casa Murru avevano svegliato di soprassalto gli abitanti del paese, ma dopo un primo momento di timore – convinti che un po' di confusione era inevitabile perché il piano andasse a buon fine – erano tornati a dormire senza nemmeno accendere la luce. Solo Maria, che aveva lasciato il cimitero e vagava senza meta per combattere l'insonnia, udì uno sparo in lontananza; il suo viso si rabbuiò in un terrore familiare, mentre i piedi la conducevano in fretta verso casa Murru. Le sue rughe sembravano raddoppiate, e le labbra pregavano Dio sottovoce, un'Ave Maria dopo l'altra, di evitarle ulteriori disgrazie.

Quando raggiunse il portone di legno verde vide che era aperto; varcata la soglia, notò una pozza rossa ai piedi del noce davanti alla cucina. Tore, pallido e senza forze, ma ancora vivo, alzò una mano indicando la finestra del primo piano. Maria, salendo le scale, sentiva il pianto di Emilio farsi sempre più forte, e quando giunse di fronte alla camera vide il volto rigato di lacrime di Maddalena, che si teneva il braccio con una mano per bloccare l'emorragia. La vecchia si lasciò i bambini alle spalle, avvertendo un rantolo sofferente poco lontano; il sangue si era sparso intorno al pavimento in una pozza che si allargava fino ai piedi del letto. Nascosta in parte dal lenzuolo al quale aveva tentato di aggrapparsi, giaceva Teresa in fin di vita.

Maria lanciò un grido disperato e cadde in ginocchio sul corpo agonizzante della vedova, che respirava a fatica e con gli occhi socchiusi. La sollevò e se la adagiò in grembo, scostandole con una mano una ciocca sudata dalla guancia ormai pallida. Maria, raggomitolata in una figura curva e scura, tremava dal pianto, oscillando avanti e indietro in un lamento senza fine.

«*Filla mia*, cosa ti hanno fatto.»

Teresa, all'udire quelle parole, aprì gli occhi.

«Mamma», disse, la voce appesa a un filo.

Prima che gli zoccoli del cavallo di Efisio raggiungessero casa Murru e sul corpo di Teresa fossero contate trentadue coltellate, nel pavimento scarlatto della camera da letto madre e figlia si fissarono per l'ultima volta. Le iridi color miele della vedova si accesero d'oro e il sole fece altrettanto, arrampicandosi lento dietro le colline. Poi Teresa abbassò le palpebre, inspirò a fondo e si lasciò cadere senza vita sul petto di Maria. Le lacrime della madre si adagiarono sul corpo della figlia come un manto, sommergendo la realtà atroce di quella notte in un dolore impronunciabile. Le sue labbra l'avrebbero custodito per sempre, nell'unico silenzio possibile.

# VENTICINQUE ANNI DOPO

Una nube evanescente invase la stanza allo sbattere leggero di due mani infarinate dietro il tavolo della cucina. La donna le sfregò l'una sull'altra per togliere i residui di impasto dalle dita, le abbassò sul bancone e modellò coi polpastrelli un ovale informe, di un giallo sbiadito. Lo cosparse di semola di grano duro, lo mise a riposo nella *scivedda* di ceramica, coprì il recipiente con un panno e lasciò la stanza. Qualche ora dopo rientrò in cucina, liberò l'impasto rigonfio dal recipiente e lo poggiò su una pala in legno; si portò il manico sul torace, cercando di tenerlo parallelo al pavimento, e infilò il carico dentro il forno di pietra alle sue spalle. Lunghi e sottili rami di lentisco ardevano con dei brevi scoppiettii sul fondo della cupola, diffondendo per tutta la stanza un intenso aroma di resina.

Dopo un'ora di cottura, la donna aprì il forno e tirò fuori una pagnotta fumante, che la semola aveva reso ruvida e scura, color mandorla. Due lembi di crosta spessa si aprivano sulla calotta lasciando nel mezzo un solco più liscio e chiaro, simile a una cicatrice. La donna attese ancora un po' prima di infilarlo nella cesta di vimini ai piedi del tavolo, poi prese dalla dispensa una bottiglia di vetro verde, piena fino al collo di vino rosso; levò via la polvere con uno sbuffo e mise anche quella nella cesta. Si passò il dorso della mano sulla fronte sudata e batté di nuovo le mani a mezz'aria.

«Minuccio!» chiamò, avvicinando la mano alla bocca per amplificare il suono.

«Minu', vieni qui!» ripeté più forte.

Una voce squillante emerse dal fondo del corridoio.

«Arrivo!»

Un bambino coi capelli neri riccioluti e una faccia tonda fece capolino dalla porta della cucina. Inspirò a fondo allargando le narici, poi guardò la madre con un sorriso.

«Hai fatto *su modditzosu?*»

La donna annuì con un sorriso stanco.

«Devi portare questo a *su cuccuru*», disse, indicando la cesta con un cenno del capo. Minuccio fece una smorfia annoiata.

«Non ne ho voglia», disse piano.

«*Tocca, movidì.* Io devo far da mangiare e tuo padre torna stasera.»

Il bambino esitò, poi prese il cesto controvoglia e si avviò ciondolante verso la porta della cucina.

«Lascialo all'ingresso e torna subito, è quasi ora di pranzo», disse la donna. Ma il bambino, già fuori di casa, non la sentì.

Minuccio si fece strada lungo i viottoli tortuosi di Lolai a passo pesante, per via del caldo. Si fermò alla fontanella della chiesa per bere e salutò qualche amico affacciato alla finestra lungo la strada; camminava piegato su un lato, trascinando la cesta in vimini come un cagnolino ferito al guinzaglio. Dopo quasi mezz'ora raggiunse la cima della collina e scorse l'entrata pericolante di una vecchia baracca rivestita di licheni, accanto al cimitero. L'afa gli aveva seccato la gola, e l'odore sgradevole di muffa si mischiava al profumo denso delle fresie sparse tra i cespugli. Il bambino posò la cesta per terra e fissò l'entrata; dopo qualche passo capì che la porta era solo accostata. Allungò una mano titubante e la aprì in uno spiraglio.

«C'è qualcuno?» chiese infilando la faccia nel buio.

«Chi è?» rispose la voce roca di un uomo.

«Minuccio. Mia madre mi ha dato questa», disse il bambino, spingendo la porta per farsi spazio insieme alla cesta.

La luce del giorno invase la stanza, illuminando la sagoma di un vecchio con la schiena poggiata alla parete. L'uomo si coprì il volto d'istinto; era vestito di stracci, con le mani sporche di terra e una barba lunga, grigia e unta a penzoloni sul petto. Non appena i suoi occhi si abituarono alla luce abbassò la mano, e Minuccio la fissò sorpreso; gli mancava un mignolo.

«Cosa ti sei fatto?» chiese.

Il vecchio mise di scatto la mano sotto una gamba e non rispose. Il bambino spinse in avanti la cesta.

«Dentro ci sono *su modditzosu* e vino rosso della nostra vigna. Il pane è buono, lo so perché l'ha fatto mia mamma, e nessuno lo fa meglio di lei. Anche il vino dev'essere buono, ma quello non l'ho ancora assaggiato.»

Il vecchio puntò una mano sul pavimento per tirarsi su, poi allungò l'altra verso la cesta e la aprì: il profumo caldo del pane divenne più forte e i suoi occhi si fecero più grandi. Minuccio lo osservò divorare la pagnotta con morsi famelici e mandare giù il vino con tanta foga che alcune gocce gli scivolarono sulla barba e da lì sui vestiti, macchiando di rosso la tela strappata dei pantaloni. Quando ebbe finito si rimise spalle alla parete, respirando piano con aria sazia. I due si fissarono a lungo e in silenzio, l'uomo per il sollievo del pranzo e il bambino per il misto di paura e pietà che aveva provato all'improvviso, tanto insensato da confonderlo.

«Come ti chiami?» gli chiese Minuccio.

«Giovanni», rispose il vecchio senza alzare lo sguardo.

Il bambino si guardò intorno e arricciò il naso, sentendo riaffiorare l'odore di muffa.

«Vivi qui?» chiese ancora.

L'uomo annuì con un cenno.

«Perché? Non ce l'hai un lavoro?»

Giovanni scosse la testa. Minuccio lo guardò senza capire.

«Sono tornato da poco», disse sottovoce.

«E dov'eri?» chiese.

«In prigione.»

Il bambino lo fissò incuriosito.

«E cosa hai fatto per andarci?»

Giovanni non fece in tempo a rispondere. La luce all'ingresso si oscurò, invasa da un'ombra.

«Minu'!» esclamò la madre, battendosi piano le mani sui fianchi in segno di stizza.

«Cosa ci fai ancora qui? È tardi», aggiunse con tono severo. Il bambino si voltò con aria colpevole ma non disse nulla.

Lo sguardo accigliato della donna fece avanti e indietro tra il figlio e il vecchio, più volte.

«È bravo *su pippìu*», le disse Giovanni.

La donna prese il figlio per mano e guardò la cesta vuota davanti al vecchio.

«Grazie», aggiunse piano l'uomo. Lei si guardò intorno ed esitò per un istante, prima di parlare.

«Ho sentito che *tziu* Luigi cerca un *barracello* giù in vigna. Prova a chiedere a lui se hai bisogno.»

In mezzo al grigio della barba di Giovanni comparve la linea sottile di una bocca semiaperta.

«Maddalena», sussurrò. «Perché lo fai?»

La domanda rimase sospesa nel vuoto. Minuccio alzò la testa e studiò gli occhi scuri della madre: quelli fissavano il muro, ma sembravano scorgere qualcosa che veniva da molto più lontano. Il viso di Maddalena si contrasse in modo quasi impercettibile e, dopo istanti che sembravano anni, si voltò in direzione del vecchio.

«*Meglio terra senza pane che terra senza giustizia*, Giua'», rispose.

Poi si voltò e uscì dalla baracca, facendo cenno a Minuccio di seguirla. Il bambino, fermo sulla soglia, alzò una mano per salutare lo sconosciuto che aveva sfamato. Non appena il vecchio sbatté le palpebre, due lacrime gli scivolarono silenziose sulla barba. Il richiamo della madre riecheggiò in lontananza e il figlio la seguì, scomparendo nel bagliore accecante del sole.

Siamo la vergogna di una colpa taciuta; la pazienza di chi attende parole nuove per chiedere perdono.

Siamo il dolore di un cuore isolato; la gioia nella mano tesa che ne riattiva il battito.

Siamo l'inerzia di un fiore reciso; il vigore nelle sue radici, trapiantate in terre straniere.

Siamo l'impeto di un fuoco ardente; la quiete nelle sue ceneri, raccolte in cumuli sparsi.

Siamo la condanna di un volto sbiadito; la fede nel tentativo di ricomporne i confini.

Siamo la paura del tempo che avanza, l'imbarazzo dei gesti incompresi, la follia di una lotta che non ha vincitori.

La gioia del traguardo, il sollievo del pianto, il rispetto per una terra che non ci appartiene.

Siamo ogni giorno creatori, custodi e complici di ingiustizie.

E con esse, di altrettante meraviglie.

Perciò, la memoria è l'ultima occasione che abbiamo per evitare estinzioni, ridare dignità e trasformare le nostre vite in storie immortali.

Siamo stati da sempre imperfetti.

Ma da oggi, saremo migliori.

# RINGRAZIAMENTI

Questa storia esiste da tempo, ma ha atteso con pazienza il momento adatto per essere raccontata. E per quanto sia stata la mia mano a scriverla, tante altre le si sono unite per renderlo possibile.

Il primo grazie va a Raimonda, per essere stata la donna che è stata ignorando cosa sarebbe diventata per me: un tesoro inestimabile.

Grazie di cuore a Gian Paolo, per la sua instancabile ricerca e il suo coraggio nel mettere per primo, nero su bianco, la necessità di non dimenticare.

Grazie a Domitilla e Leonardo per le lezioni, i consigli e il supporto indispensabile durante le prime stesure.

Grazie anche a Elisabetta e Adriana, per essersi prese cura delle mie parole con rispetto, fiducia e delicatezza.

Un grazie speciale a Carmen, che ha creduto in me e nell'anima di questo libro dal primo giorno, proteggendo entrambe con una dedizione e un affetto impareggiabili.

L'ultimo e il più importante grazie va alla mia famiglia, testimone di ogni salita, discesa, bivio e destinazione. A Stefania ed Emanuele, per avermi lasciata andare quando era il momento, e per avermi accolta a braccia aperte quando sono tornata. A Gabriele, per essere stato la voce più sincera e la presenza più preziosa durante la scrittura. E a Silvia, per essere da sempre dalla mia parte e per aver affiancato, al momento giusto, la sua mano alla mia.

# UNA CONVERSAZIONE CON VALERIA USALA

*Lei ha detto che la storia di Teresa era diventata quasi un'ossessione. Come mai ha deciso di scriverla?*

Credo che il potere della narrazione sia più forte della nostra volontà e dei nostri sforzi, per quanto grandi possano essere. E sono convinta che questa storia abbia trovato me, non il contrario. Si ispira a una vicenda familiare di cui, per tanto tempo, nessuno ha voluto parlare. Si è tramandata sottovoce, grazie alle donne, ed è questa la ragione che mi ha spinto a trasferirla sulla pagina, per ridarle finalmente la dignità che merita. La vita di Teresa è stata una sfida continua, e ci siamo incontrate in un momento in cui anche io affrontavo sfide importanti. Scrivere di lei, con impegno e fiducia, senza maschere, mi ha insegnato a godere della libertà e, spero, a trarre da questa ancora più forza.

*Nel romanzo le voci e i pregiudizi del paese influenzano la storia dei personaggi. Che peso hanno secondo lei nelle nostre vite?*

Tutti noi viviamo un'esposizione costante al pregiudizio, e allo stesso tempo ne soffriamo le conseguenze. È qualcosa di profondamente umano, una debolezza della quale dobbiamo essere coscienti ma non vittime, per quanto possibile. Teresa mi ha insegnato che siamo molto più dell'idea che gli altri si fanno di noi, e convincersi di questo aiuta a non soccombere, ad arginare il senso di colpa e a liberarci da ogni schema mentale. Il tentativo, per me, dev'essere quello di resistere e ambire a diventare la versione migliore di noi stessi, senza termini di paragone; solo così l'istinto a sminuire ed etichettare il prossimo risulterà improvvisamente innocuo, poco più che accessorio.

*Nel romanzo alcune donne sono, per Teresa, sostegno e aiuto, altre accusa e ostacolo. Lei che cosa pensa della solidarietà femminile?*

Nel ricomporre i pezzi di questa storia, ho pensato tanto a come un certo tipo di donna potesse apparire agli occhi delle altre. Teresa è forte e fragile, semplice e complessa insieme, e questo la rende controversa, generando in loro un misto di ammirazione e invidia; è più facile attaccarla nelle sue debolezze che sostenere il suo coraggio. Forse per colpa di un sistema che lo impone implicitamente, o per timore di non riuscire a fare lo stesso. Credo però che questa tendenza si stia lentamente invertendo. Le storie di ieri ci aiutano a riscoprire un'empatia, tutta al femminile, di cui oggi abbiamo disperato bisogno. La vera sfida per me sta nel remare a tutti i costi in direzione contraria, quella dell'alleanza.

*Maria è un personaggio fondamentale e un po' il contraltare di Teresa. Vuole parlarci di lei?*

Se Teresa è il tumulto di un fiume, Maria è la quiete di una sorgente; una si dirige a valle, l'altra si ferma a monte. Madre e figlia vivono due sofferenze molto diverse, ma soffrono entrambe. Per me, Maria è il vero personaggio tragico di questa storia. In lei si racchiude un dolore impossibile da esprimere perché figlio di una doppia lesione: prima il tradimento, poi il rifiuto. Teresa è rinnegata dalla madre e da un paese che non la accetta, ma anche Maria è stata rinnegata, molto prima di lei. Forse è proprio questo essere simili ma distanti, complementari ma discordi, a rendere il loro ultimo incontro ancora più struggente. Perché non c'è nulla di più doloroso del ritrovarsi quando è ormai troppo tardi.

*Il romanzo è anche pieno di speranza. Secondo lei un futuro migliore è possibile?*

Credo che le ultime pagine del libro custodiscano una speranza in grado di illuminare il presente, ancor prima del futuro. È vero che il tempo è in grado di offuscare i ricordi e lenire le sofferenze, ma non è detto che faccia altrettanto con la rabbia e con il senso di colpa. Il mio intento era quello di fare luce su un'ingiustizia, guardare negli occhi una ferita profonda e chiamarla per nome. Ma, a volte, questa rivincita da sola non basta. La necessità di raccontare non solo la guerra, ma anche un qualche tipo di pace, è il bisogno di rimarginare quella ferita, ricucirla per poter andare oltre. Credere o meno all'efficacia di questa scelta poi, spetta a ognuno di noi.

*Uno dei protagonisti del libro è la Sardegna, con i suoi colori e i suoi odori. Com'è stato per lei scrivere della sua terra?*

Una bellissima sofferenza. Nascere e crescere in un'isola significa imparare a convivere con due opposti: la voglia di andare via e, insieme, il bisogno di restare. Riconoscere e accettare questa realtà è stato più doloroso del previsto. Ma è il motivo per cui ho scelto di tornare a scrivere nella mia isola la storia di una donna isolata. Mettiamola così: parlare di casa, e quindi di Sardegna, a occhi aperti sarebbe stato impossibile, perché le contraddizioni che viviamo sono tali da tradire anche il più meraviglioso dei paesaggi. Perciò ho deciso di farlo a occhi chiusi: ho viaggiato avanti e indietro nel tempo, pescando dalla mia memoria e da quella di chi, quest'isola, non l'ha mai tradita.

*Cosa significa per una ragazza giovane come lei essere pubblicata?*

Detto onestamente, non lo so ancora. Credo ci vorrà del tempo per realizzare l'impatto che questa esperienza avrà su di me come persona, ancor prima che come scrittrice. Sento di aver tenuto fede a una promessa, quella di rivelare una verità taciuta, e allo stesso tempo di essermi spinta oltre ogni limite per garantire a questa verità di essere ascoltata. Ho assecondato un'urgenza personale senza imporre a questo libro nessun freno, nessuna regola. E vederlo compiuto, libero di andare ovunque lo spingerà il vento, mi rende felice.

Finito di stampare nel mese di aprile 2021
da Grafica Veneta s.p.a., Trebaseleghe (PD)

Questo libro è stampato col sole

Azienda carbon-free